SHEFFIELD LIBRARIES,
ARCHIVES & INFORMATION

217507592

| HANXIN | |
| --- | --- |
| | £ 11.09 |
| | |

徐怀中

　著

牵风记

人民文学出版社

图书在版编目（CIP）数据

牵风记／徐怀中著．—北京：人民文学出版社，2018
ISBN 978-7-02-014824-0

Ⅰ.①牵… Ⅱ.①徐… Ⅲ.①长篇小说—中国—当代 Ⅳ.①I247.5

中国版本图书馆CIP数据核字（2018）第293067号

| | |
|---|---|
| 策划编辑 | 胡玉萍 |
| 责任编辑 | 涂俊杰 |
| 装帧设计 | 刘　远 |
| 责任校对 | 罗翠华 |
| 责任印制 | 徐　冉 |

| | |
|---|---|
| 出版发行 | 人民文学出版社 |
| 社　　址 | 北京市朝内大街166号 |
| 邮政编码 | 100705 |
| 网　　址 | http://www.rw-cn.com |

| | |
|---|---|
| 印　　刷 | 天津千鹤文化传播有限公司 |
| 经　　销 | 全国新华书店等 |

| | |
|---|---|
| 字　　数 | 190千字 |
| 开　　本 | 890毫米×1290毫米　1/32 |
| 印　　张 | 9.625　插页2 |
| 印　　数 | 1—30000 |
| 版　　次 | 2018年12月北京第1版 |
| 印　　次 | 2018年12月第1次印刷 |

| | |
|---|---|
| 书　　号 | 978-7-02-014824-0 |
| 定　　价 | 43.00元 |

如有印装质量问题，请与本社图书销售中心调换。电话：010-65233595

献给我的妻子于增湘

# 目录

演奏终了之后的序曲　001

::

### 第一章
### 隆隆炮声中传来一曲《高山流水》
*007*

### 第二章
### 让春天随后赶来好了
*019*

### 第三章
### 瑟瑟战栗的紫薇老树
*031*

### 第四章
### 野有蔓草
*041*

### 第五章
### 他发现了一颗未经命名的小行星
*051*

### 第六章
### 一道明丽灿烂的战地风景
*063*

### 第七章
### 军事指挥艺术是铁血之气的结晶
*073*

第八章
一名女八路　一只灰鸽　一簇蒲公英
083

第九章
我听到了此兴彼落的历史足音
091

第十章
你错误选择了自己的出生年代
103

第十一章
以晋冀鲁豫三千万人民的名义
115

第十二章
黄河七月桃花汛（上）
123

第十三章
黄河七月桃花汛（下）
131

第十四章
一匹马等于一幅五万分之一地图
141

第十五章
活在二十世纪的古代野马群
155

第十六章
她们来不及照一照自己的面庞
*167*

第十七章
中间地带
*177*

第十八章
零体温握手
*185*

第十九章
找回你昂首阔步的雄性姿态
*197*

第二十章
大别山主峰在烈焰升腾中迅速熔化
*205*

第二十一章
这种气味不是河水清洗得掉的
*215*

第二十二章
出自她的记忆而非幻听幻视
*227*

第二十三章
这是你一生中最大的荣幸
*237*

第二十四章
现代人的听觉依然处在休眠期
247

第二十五章
一个永不腐朽的句号
257

第二十六章
"一号"首长深觉愧疚与羞耻
265

第二十七章
接受处决而不接受五花大绑
273

第二十八章
银杏树　银杏树
281

**与序曲同步之尾声　291**

# 演奏终了之后的序曲

战争年代同属一个"山头",胜过血缘亲情,年年必有聚会,每次聚会必须大撮一顿。吃什么是次要的,主要是碰杯喝酒;喝酒是次要的,主要是叙旧畅谈。又哪来的那么多话题可谈,老家伙们凑在一起,无非是以他们永久不灭的激情火焰,将一堆堆历史灰烬重新点燃起来,发一通感慨罢了!

晋冀鲁豫野战军独立第九旅高、中级干部聚会,由旅二号首长老政委牵头。人到齐了,少不了先要传看一幅加了相框的放大集体照。一色灰军服,密密麻麻挤满了整个画面,男同志分几排站在后面,前排全部是女同志,席地而坐,个个喜笑颜开。

这幅照片各家客厅都挂的有,那不算数,要看原版。是摄影记者本人在炮火硝烟中背过来的,具有文献价值。小心翼翼地从上一个人手里接过来,又小心翼翼地传给下一个人,仿佛在传递一件明代官窑青花瓷。于是又议论起了小汪,前排右起第九那位女同志。

照片下沿注明:摄于1947年6月30日抢渡黄河前夕。

至一九四八年初春在大别山牺牲,小汪再也不曾有过拍照机会。这一张集体照,也是她的一幅遗照,她永远被定格在十九岁。

她的职务是文化教员,因为编制在旅司令部,统称参谋。汪参谋!一个颇富于铁血意味的职务名称,加在颇为洋气的一位北平女学生身上，让人感觉奇异而又亲切。干部战士都喜欢喊她"汪参谋"，或是"小汪"，很少有谁按照花名册上登记的正式姓名叫她汪可逾。

"匪夷所思！匪夷所思！"

原九旅宣传队指导员，又在重复发出他的惊叹。他无论如何不能理解，每次观看这幅集体照，目光首先接触到的，总是汪可逾这张笑脸儿。从不会首先聚焦到别的任何一个人，一次也没有过。请教各位，为什么？

第一个解释是，拍摄的那一刻，小汪眼睛注视着镜头，洗印出来肯定就会有这个效果。你在看照片，她恰好就正在望着你，仿佛她总是抢先向你打一个招呼。这个说法明显站不住脚。摄影员三番五次在喊："眼睛看镜头！笑！笑！笑！一、二、三！"同样享受了百分之一秒的曝光，小汪又何曾得到了什么有利条件？

第二个解释，小汪初到太行山抗日根据地来，从家里带了一张古琴，照片上小汪是抱着木制琴盒的。大家不认得古琴，不知那是一件什么武器，觉得挺稀奇的，所以首先会注意到这个北平古琴女。这一种说法也不能成立，宣传队队员也有抱着胡琴抱着三弦的。

又一种解释，参加聚会的男士，占相当大比重，当年都曾暗暗对小汪抱有过不切实际的幻想。什么时候回想起来，一个妙龄少女的目光总是不可抗拒的。胡扯胡扯！所有观看这张照片的女同胞，无一例外，也都是首先被小汪所吸引，那又该怎么解释呢？

有人分析，大家从内心深深怀念着这位革命烈士，不由自主，目光先寻着她的方向去了。这一说，看似很有道理，细想也过于勉强。照片上还有其他几位战友，也同样是在大别山牺牲的，有什么必要厚此薄彼，只注意某一位烈士呢？

特为此事，找了一些陌生人来做过测试。照片上的面孔他们一个也不认得，事先又不做任何说明、不给任何暗示，只把照片拿给他们看。同样的，他们也都是最先注意到了前排右起第九人——汪可逾。

让人百思不得其解。

集体照出自旅政治处蔡干事之手。当初一个小八路摄影员，可怜巴巴的。野战军及各纵队专职摄影员配备的，不是"莱卡"便是"蔡司"，三脚架等配件一应俱全。发给小蔡的照相机，是一架破旧战利品"罗来可德"。最惨的是不发胶卷，自己想办法。自己哪来的办法？现在，摄影艺术圈内尊其为蔡老。他脖子上挂的是"长枪短炮"，作品多以"战地即景"为题，在军内外颇有影响。

蔡老站起身，大家明白是有话要讲的样子，即刻安静下来，听他发表讲演。

"每年聚会，总要由这幅照片，谈论到小汪那种标志性的微笑，可是我总不作声。我一张口，自知属于奇谈怪论，不足为信。九旅诸位老友，一个个都是有科学头脑的人，张口科学实验，闭口理论数据，对我的看法一概持批判态度。

"现在好了，我在报纸科技专栏看到一则报道，说荷兰语言心理学研究所一项研究表明：'只有微笑和放松的表达是与生俱来的，其他感情的表达则是后天习得的。'报道篇幅虽小，一个豆腐块，回答了我的全部问题。

"OK！我们不妨天马行空来设想一下。人类繁衍生息的悠悠长河，分流出了那么一缕涓涓细流，于水流终端，借着小汪的面部表情喷发出来。不！不是喷发，讲喷发便不成其为微笑，那是仰天大笑了。小汪的笑容，正如含藏于心底的一汪清泉，缓缓涌出，叮叮咚咚四处流淌着，永不干枯。

"我相信各位都有实际体会，初次与小汪相识，只看她羚羊般的一双大眼睛，水汪汪的，清澈见底。双方的距离一下便会缩短为零，仿佛很早很早以前就彼此相识相知。

"好了！我们回到这张集体照上来。各位请看，镜头以内全体将士一模一样做欢笑状，所有含苞待放的花朵齐刷刷地全开了。这一种笑容，是无源之水，是无本之木，千人一面，千篇一律，如同全国通用粮票似的。不是我糟蹋你们，人家怎么会撇开那一张粉团团的笑脸儿，而迫不及待来欣赏一张一张的通用粮票呢？"

# 第一章

## 隆隆炮声中传来一曲《高山流水》

## 1

"野政文工团"（晋冀鲁豫野战军政治部文工团）派出一个小分队，来九团慰问演出。小分队不足十人，只能出演一些短小的节目，独唱独奏、快板剧、活报剧什么的，多是根据新近几次作战中的英雄事迹新排出来的。思想内容没得可说，可是出来进去总是那么几个熟悉面孔，太乏味了！台下开始发难："不看！不看！不看！"

最初只有少数人起哄，像是受到恶性传染，到处尖声刺耳地打起了口哨。特别是几个伤员，挥舞双拐喧闹不止，一阵又一阵连续炮轰：嘡！嘡！嘡！直到把演员给轰了回去。

报幕人从大幕中缝处钻出来，他每次出现，观众都以为演出将会做出重新调整。这是一个顽固派，仍旧按照预定顺序，不紧不慢地报出了下一个节目。台下又狂呼乱喊起来："出来一个坤角儿！出来一个坤角儿！"

起先虽是在闹哄，并没有明确提出自己的"纲领"，不知道他们究竟要的什么。现在好了，人家亮明了，要看"坤角儿"。七拼八凑的一台"光棍"戏，就想撑得下来这个局面吗？

宣传队队长亲自到大幕前讲话，面目严肃到不可能更加严肃："喂！喂！喂！我们不是旧社会的戏班子，不是唱堂会。我们的女演员，是共产党所领导的革命军人，是我军全体指战员的一个组成

## 第一章
### 隆隆炮声中传来一曲《高山流水》

部分。我可以负责地向你们声明,我们这里没有什么坤角儿,绝对没有!"

"有!""有!"台下齐声揭露。

小分队里确实有两位女演员,可是今晚排定的节目单里没有女角,分派她们俩反串鬼子兵。长头发掖在钢盔里,一撮希特勒式的小胡子,穿一身缴获来的日军军服,半高勒皮靴,完全隐去了女性的生理特征。从头到尾没有她们一句台词,绝不会露出"雌"声,谁知还是露馅了。观众的眼睛带X光的吗? 他们是从哪里识破机巧的呢?

如果宣传队开通一点,就让两个女演员脱掉"大日本皇军"军服,加演几个小节目,既有"乾"又有"坤",台上台下的尖锐对立就此迎刃而解,何乐而不为呢? 不行! 称呼我们的女同志为"坤角儿",是对她们个人的严重污辱,原则问题,没有讨价还价的余地。

团长齐竞接到报告,风是风火是火地赶来了。

大幕拉开了,台口高高挂起一盏汽灯,纱罩射出幽蓝幽蓝的光,把舞台上下照得如同白昼。齐竞健步登上舞台,笔直地站在台口,一动不动,一言不发。显而易见是向台下表明:我有充裕的时间和耐心,等你们闹腾一个够,什么时候不想闹了,我才开口讲话。有人认出了团长,彼此提醒:"一号!""一号!"

前面几排观众端端正正坐好了,远处的人似乎觉察出有什么不对头,也都不敢再出声了。齐竞这才开始队前训话,听上去似乎是在开玩笑:"我应该祝贺大家,你们开创了一项历史纪录。自打我们团有建制以来，还从没有发生过今晚这样热闹的新鲜事。"他陡然以高八度嗓音怒吼道，"丢人现眼！给八路军丢人现眼！给'虎团'全团将士丢人现眼！"

独立第九团擅长夜战，在百团大战中屡建奇功，被八路军前方总部授予"夜老虎团"称号。部队上上下下引以为骄傲，总是喜欢亲切地使用简称，我们"虎团"怎么长、我们"虎团"怎么短。齐竞强按怒火，改用平静的语气说："我知道，最近几次战斗伤亡比较大，有的重伤员，更多是往悲观的方面去想，情绪很不正常。可是，无论如何都不能成为聚众滋事、发泄不满的理由。野战军总部派演出队下来，你们叫喊不看！不看！那岂不就是说，我们不稀罕上级的关心爱护！我们不稀罕上级前来慰问！我把话撂在这儿，勿谓言之不预也！凡带头闹事的，不论是干部还是战士，也不问是轻伤还是重伤，逃不过纪律处分。别抱怨我这个当团长的不唱红脸唱黑脸，这个处分是你自己申请下来的！"

一时间，全场空气像是凝结在一处，紧张极了，大家都听到自己的心咚咚地跳。"一号"降低了声调又说："事情竟然闹到了这步，只能是由我和政委去向上级首长做检讨，去请求处分。"齐竞转身向当值的现场总指挥挥手说，"解散！各单位带回！"

总指挥以洪亮的声音发出口令："全体起立——"

部队齐刷刷地一下起立，自动整理了队列。另一半场地是留出给当地群众的，指挥官的口令并不包括他们，但他们也都随之站起了身。老乡们叹息说，可惜一台好节目，就这样吹灯拔蜡了。

# 第一章
## 隆隆炮声中传来一曲《高山流水》

## 2

"请等一下！请等一下！"传来一个女孩子的呼喊声。

齐竞远远看到，那个女孩子站在场地最后，一只手抱着长长的一个什么物件。部队和群众是间隔开来的，好像是特为女孩留出的一条通道，她一溜儿小跑来到了台前。她很有自信的样子，一看就知道是受过良好的教育，脸上总挂着那么一丝天然的微笑。同时他认出了，女孩抱在胸前的是一张古琴，用锦缎琴囊包裹得严严实实的。

女孩仰起脸，向高居于舞台台口的齐竞提出交涉："首长同志你好！碰巧我带着古琴，就由我为大家弹奏一支曲子可以吗？"

一个花季少女怀抱古琴，突然出现在队列前，齐竞简直不敢相信自己的眼睛了。陪同女孩子的地方干部上前说明，她是从北平来的女学生，要报考边区政府开办的太行第二中学，路经此地，正好赶上"虎团"在开晚会。

齐竞脸上顿时感觉热辣辣的，这一下，让沦陷区来的女学生看笑话了！女学生自告奋勇，由她来演奏一曲古琴，这让"一号"首长颇费斟酌。是欣然接受，还是婉言谢绝呢？齐竞已经下令部队解散，并且在队前宣布，要用一段时间来整顿纪律，否则这个部队今后可怎么带？"厚而不能使，爱而不能令"，考虑到古代兵法有这句格言，齐竞实难接受这位古琴姑娘的提议。

可是，他又不能不暗自警告自己，一个似懂事又不懂事的女学生,她心里是怎么想的？立即付诸行动,并无任何顾忌。作为现场的最高指挥员,决不可冷冰冰地板起面孔,给如此天真烂漫、满腔热情的女学生劈头一瓢冷水。

"欢迎欢迎！请到台上来,请到台上来！"齐竞正式发出邀请。

汪可逾登上舞台,她已经迫不及待地解开琴囊,取出了古琴。

"哎哟,天哪！这不是一张宋代古琴吗？"齐竞惊呼。

"夜老虎团"团长,带兵打仗的一位老总,凭什么他一眼就认出了这是一张宋琴呢？愈加令北平女孩惊奇不已的是,团长一边爱不释手地鉴赏这张千年老琴,一边随口吟诵出了白居易的《废琴》诗句："丝桐合为琴,中有太古声。古声澹无味,不称今人情。"

女学生也来了兴致,以白居易的另一首诗做回应："七弦为益友,两耳是知音。心静即声淡,其间无古今。"

齐竞忽然意识到,自顾和北平女学生吟诗论琴,把部队扔在那里不管了,他连忙示意让部队坐下。现场指挥立即发出口令："请注意！全体——坐下！"

老乡们也都重新围拢上来,等待恢复演出。姑娘席地坐在台口,盘起双腿,将古琴平平架在大腿上。自古便是这样盘腿抚琴的,她取的是最为标准的一种弹奏姿势。

自然是由齐竞担任了报幕员,他这才想起,不曾问过北平女学生姓名。

"我姓汪,叫汪可逾。三点水的汪,可不可以的可,逾越的逾。"

"下面安静！下面安静！现在,让我来介绍这位弹奏古琴的汪

## 第一章
### 隆隆炮声中传来一曲《高山流水》

可逾同学。大家看到了吗，古琴，也叫'七弦琴'，又称'瑶琴''玉琴'。这是中国一种最早的弹拨乐器，有文字可考，不会晚于尧舜时期。好了，我不能再多口多舌招人讨厌了，就请小汪同学为大家演奏一支古琴曲，好不好啊？"

"好！"来自山区的农民士兵们，祖祖辈辈不知古琴为何物，台下虽有反应，但不甚热烈。

只见汪姑娘缓缓抬起右臂腕，纤纤素手弹出了一个散音——空弦音。她的这张宋琴共鸣极佳，洪亮一如铜钟。团长看出，北平女学生从不曾在这样的野台子上表演过，不知道先要大喊大叫报出自己的演奏曲目来。

他问："小汪同学，你第一个弹什么曲子？"

"《高山流水》。"

《高山流水》，齐竞也略知一二。唐代化为《高山》《流水》两支乐曲，后经清人蜀派琴家张孔山改编，以大量滚、拂、绰、注等手法，作洋洋之水声，人称"七十二滚拂"。至今更一统天下，诸多名家几乎无一人不是遵张氏传谱《流水》来演奏的。齐竞心存疑惑，难道这个小小年纪的女琴童与众不同吗？

他问："请问小汪同学，你弹《高山》，还是《流水》？"

汪可逾加重语气回答："不是《高山》，也不是《流水》，是《高山流水》！"

"这么说，你从来不弹《高山》，也不弹《流水》，是吗？"

"是的，我只弹《高山流水》。"

"是老师要求你这样,还是家长规定下来的?"

"不是老师,也不是家长,纯粹是我自作主张。"

齐竞以探讨的语气说:"好多人讲,'七十二滚拂'汹涌起伏,大气磅礴,构成了全曲最华丽最坚实的高潮,为什么不可以一试呢?"

古琴女孩从容地回答说:"不做过多缓急变化,任其一路流淌下去,让人领略到'不舍昼夜'的意味,不是更有内在神韵吗?"

齐竞深深点头,转身报出了第一首曲名:《高山流水》。

离开舞台一段距离,便可以隐约听到远处接连不断的炮声。台下观众早把战火纷飞隆隆炮声掷诸脑后,一支古琴曲营造出超乎音响感受的一种空幻氛围。清风明月,万籁俱寂,令全场军民泰然心悦,陶醉不已。

## 3

那时候看晚会,怕就怕的是汽灯闹"罢工"。太行山剧团上演曹禺的《日出》,记不清总共多少次停下来修理汽灯。戏演到尾声,观众伸着懒腰举目远望,群山背后已然显现出一片曙光,只听有人欢呼道:"我看到真格儿的日出了!"

《高山流水》刚演奏完毕,汽灯突然灭了。汽灯一直修不好,总不能让这位少女演奏家一个人傻傻地在那里坐等,"一号"首长只得上前陪同聊聊。虽然没有灯光,却也并非漆黑一片,众目睽睽之下,齐竞同北平女学生坐在台口,面对面侃侃而谈。仿佛在古琴演奏之

# 第一章
## 隆隆炮声中传来一曲《高山流水》

间,加演了一出只有两个角色的对口小话剧。

齐竞注意到,正式进入演奏之前,女孩先要给出一个空弦音,一曲终了,又要缀加一个空弦音。他问:"小汪,你每次演奏,都要做这样的特别安排吗?"

汪姑娘不无得意地回答说:"是的!这是我给自己立的一个特别程序,我自幼痴迷于空弦音。"

齐竞忍不住又问:"这,我就真的不懂了。古琴分为散音、泛音、按音,三种音色交相辉映而有万千气象,为什么汪姑娘会对散音情有独钟呢?"

"不!我不至于幼稚到那个地步,要在几种音色中区分主次。不过,可能是出于个人痴迷,我一直把空弦音看作是古琴音乐中最本质的单音。琴弦全长处于自然虚悬状态,不加琴码,无任何外力的制约。从这个特定意义上讲,空弦两端之间,应当被视为无限远。中国古琴立声于这样一个无限远的自然空间,所以是一枝独秀,有别于世界上任何一种弹拨乐器。"

"一号"很有些不以为然,他毫不掩饰自己倚老卖老的态度:"儿童兴趣,儿童兴趣!毕竟你不能全部用空弦音弹一支曲子给人家听吧?"

汪可逾依然笑眯眯地回应说:"我想您应该知道,汉代以前,古琴演奏原本就是只弹空弦,以后才逐渐摸索用左手按弦取音。认真计算下来,汉代至今,这才没有几天的事儿!"

假如是女孩一次又一次挑起争辩,那会显得很正常,年少气盛情有可原。事情反过来了，一个有年岁有地位的人，不停地对一个女学生发动攻势，不觉得太过分太无趣了吗？齐竞意识到了这一点，以一阵仰面大笑代替言语，掩盖了自己的窘迫。

汪可逾直视着对方说："您讲话够咄咄逼人的，不给别人留一点余地。"

齐竞连连摇头说："不不不！难道你真的看不出，我是和你打嘴仗开玩笑吗？"

4

汽灯修好了，古琴演奏接着往下来。汪可逾的一曲《平沙落雁》没有弹完，汽灯又灭了，又要放下来修理。

台下群众并无怨言，这样倒好，一些年轻母亲出来看节目，怕婴儿受凉，留在家里，由老奶奶看着。母亲恰可借用修理汽灯的间隙，跑回家喂几口奶，然后又一边掩着怀，急急忙忙赶了回来。老农们也借这工夫，回家给牲口添两把草料，搅拌几下，什么事也没耽误。

半大不小的娃娃和女孩们，舒舒服服地坐在树杈上，相当于高级剧院的包厢。有那种不三不四的人，等着汽灯灭了，扬起手在女孩臀部美美地摸了一把。

小闺女压低了声音"大"叫："娘呀娘呀！有人摸我！"

母亲呵斥女儿说："你不嚷嚷谁知道？看戏！看戏！"

# 第一章
## 隆隆炮声中传来一曲《高山流水》

全场观众在黑暗中悄没声儿地耐心等候着点亮汽灯，谁都不愿意破坏了良好的现场秩序。

多年以后，军事科学院一个战史编写小组重访太行山根据地。抗战初期许多著名战例，便发生在这一带。日军发起空前规模的一九四二年五月"大扫荡"，此地也正是遭受祸害的中心地区。当地七八十岁以上的老人，全都作为亲历者接受了采访。

让来访者大失所望，老人们对当年战斗中许多生动感人的细节记忆模糊，掏不出他们几句话了。而尚未成年的一个北平女学生，以她不太娴熟的技艺弹奏的几支古琴曲，老人们却至今难以忘怀，连种种细节都能讲得出来。那位汪姑娘怎样席地而坐，怎样将古琴架在双腿上，又怎样缓缓抬起右腕，以右手中指尖弹拨出一个空弦音。

那天独立第九旅举办的军民同乐晚会，远远超出了娱乐的含义，令战史编写组各位将校难以置信。

其实，那个夜晚军情正是十万火急。日军已经完成隐蔽合围部署，并组成了"挺进杀入支队"，企图对太行区领导机关来一个迅雷不及掩耳的向心奔袭。我军则采取"敌进我进"战术，适时向日军后方交通线和据点发起猛烈攻击，迫敌回援，变被动为主动。敌我双方作战指挥的电报讯号往返交错，在茫茫夜空织成了一张无形的网。汪姑娘的古琴曲，悠悠然穿过那张炽热的电讯网，随疾风流云远远传向四方。

齐竟接到指挥部AAAA加急电报，来不及先向汪姑娘打一声招呼,让她终止演奏,而是直接向全场宣布:"全体起立!出发!"

转眼之间,台上已经空空如也,幕布一收,再看不出这里有过什么舞台的痕迹。"一号"和他的两名警卫员已经上马了,团民运科(民众运动科)科长跑来报告,说那个北平女学生向他报名参军,非跟着部队走不可。

齐竞一听就急了:"你有脑子没有?她拿着边区政府的介绍信,要去太行二中读书,你半路把人给拐跑了,怎么交代?"远远看见,小汪正深一脚浅一脚向这边跑来,他用指头戳着民运科科长的鼻子尖喝令:"甩掉她!听清楚了,甩掉她!"

齐竞一抖缰绳飞奔而去,两名骑兵通信员紧随其后,消失在黑暗中。

第二章

让春天
随后赶来好了

1

汪可逾随二哥奔赴延安，照北平地下党安排，经洛阳、灵宝、潼关、华阴一线去西安，而后便可以坐"八路军西安办事处"的军车前往延安。战事吃紧，潼关、华阴一线不通车了，他们只得步行前进。步行没有问题，要命的是，必须坐小船渡过一道黄河河汊。他们舍近求远，几乎绕行了整个中原大地，为的是避免在风陵渡坐摆渡船接受盘查。现在又冒出一个渡口，必须经受加倍严格的检查，真是活见鬼了！

联络人雇到一只小船，约定远离渡口，从一处较为隐蔽的地段偷渡过河。水流湍急，小船不可能再靠近岸边，相距十多步开外，好在中间有一块大石头，二哥抢先跳上大石头，再跨步跳上船去，回过头来接应妹妹。

妹妹想从那个大石头上，先将小件行李一样一样抛到船上，然后抱着古琴跳上船去。衡量自己的能力，她肯定做不到，掉进水里琴就完了。考虑先把琴抛过去，然后再空手跳上船，只是一层棉套包裹着，琴势必要给摔烂了。怎么办？姑娘下不了这个决心。

二哥决定跳回到大石头上，把琴带过来，好让妹妹空手跳上船。船工一下拉住了他，说他跳回大石头上，会带有很强的惯性前冲力，搞不好会将妹妹连人带琴撞下水去。船工只顾阻拦哥哥，放松了撑

# 第二章
## 让春天随后赶来好了

船,小船忽的一下被冲向下游,眨眼间只看见一个小黑点了。

船上传回来二哥嘶哑的呼喊声:"回家去! 回家去!"

短时间不可能立即恢复联系,要回北平已经很不现实,汪可逾只好改乘德石线向西去,在河北衡水一个小站下车,来到了冀南地区抗日政府第五专员公署所在地。经与北平联系,确定先送她前往河南涉县太行第二中学学习。

人的命运,总是这样阴差阳错,随着某个十分琐细的环节偶然发生改变,便会出现具有必然性的某种截然不同的历史机遇。

假如不是因为带古琴上不了船,而是如期到达了延安,汪可逾个人档案"履历"一栏所填写的,就完全是另外一本生动有趣的人生寓言了。前往太行第二中学报到,偏偏路经"夜老虎团"驻地,又偏是这天团部晚会有人闹事,于是乎便构成了一个机缘,她认识了晋冀鲁豫军区独立第九团团长齐竞。

与齐竞相识,毫不夸张地说,彻底改变了这个北平女学生的人生轨迹。

## 2

在太行第二中学,一年到头尽跑"扫荡"了,汪可逾"泡"到了第四个年头,才终于举行了毕业典礼。

在此期间,九团已扩编为旅的架子,正式组建为"独立第九旅"。古代数学称"九"为最大数字,又是"久"的谐音,包含有久经战阵而从无败绩的意思,凡独立建制部队,大多沿用这个"九"字。齐竞坐骑"滩枣"臀部的火印,也烫的是一个"9"字。

军务处向齐竞报告,几年前在晚会上演奏古琴的那个北平女学生,从太行中学毕业入伍,指名要求分配到她所熟悉的这个"老"部队来,果然如愿以偿。今天她来九旅司令部报到,规定排以上干部到职,须由旅"五号"——参谋长齐竞亲自谈话。

汪可逾敬了一个军礼:"'一号'还记得我吗?"

站在一旁的军务处处长提示她说:"不能再喊'一号',现在是我们独立第九旅'五号'首长。"

齐竞抢前一步,从汪可逾肩上取下古琴:"我们又见面了,小汪同志!你连介绍信都不必带,只管去大军区文工团报到好了,他们求之不得的,准得杀一口猪来欢迎你。可你还是到九旅来了,我们全旅将士莫不引以为自豪。"

小汪眯起眼睛盯问齐竞:"请问'五号',那年晚会结束,我就向民运科科长报了名,要求在九团留下来。首长命令民运科科长说:'甩掉她!甩掉她!'干吗?我是真的那么让人讨厌吗?"

齐竞绝对想不到,将近五年之后,女孩会在这里等着他,忙说:"冤枉冤枉!我怎么可能如此简单粗暴地对待一位自愿参军的女同胞呢?当时的情况是,边区政府要送你去太行中学,我半路把人'拐'跑了,违背组织原则。"

这个道理听上去冠冕堂皇,完全说得过去的。但"五号"忽然意识到,在这个女孩面前打哈哈,玩弄言语上的花招,只能暴露自己

## 第二章
### 让春天随后赶来好了

是怎样虚伪。他当即改口说："小汪！我们不绕弯子了，实话跟你说，那天舞台上汽灯灭了几次，我发现你有夜盲症，又是平板脚。当晚部队的任务是七十公里强行军，直逼白晋公路一线，要带你走的确也不现实。很对不起，请多多原谅！"

夜盲症报名入伍不合格，理所当然，夜行军不能总靠别人牵着扶着。平板脚有什么要紧的呢？人的足底是多个小骨块相连，形成内侧中部拱起，行走不会着地，叫作脚弓。平板脚没有脚弓，行走全脚掌着地，所以足部没有弹性，肌肉韧带活动不能持久。走不了路，部队谁能留你？不过，已经穿上了军装，稀里糊涂也就是那么回事了，所以"五号"才如此直言，毫不顾忌。话一出口，看见汪可逾表情不对，齐竟知道自己多口了。

小汪突然之间显得忧虑重重。从小患有夜盲症，又是平板脚，爸爸妈妈一大家人都不懂得，有这样严重的生理缺陷，本来就不能考虑奔赴延安的。现在，她明明知道自己身体条件不符，尤其是在作战部队，恐怕终会面临"甩掉她"的尴尬局面。

"五号"反而不得不极力劝慰她："我们已经告别了太行山，接下来要开展'平汉战役'，属冀鲁平原。夜行军你只管跟着前面一个人影往前去就是，充其量是被红薯秧子绊倒了，横着竖着都摔不到哪儿去。"

确定汪可逾就留在旅司令部，职务是文化教员，主要负责教机关干部战士学习文化。司令部没有干事、教员这一类编制，确定她为军务参谋。

## 3

一位印度文化学者讲：人的性别意识无时无刻不在起作用。

他举例说，飞机失事了，一具尸体横在那里，你头脑中浮现的第一个念头是什么？绝不会是急于想知道这是一个印度人，还是一个中国人，或是一个马来人；也不会想知道那人的年龄、姓名、地位、学历。你第一个急于想知道的，这是一个男的，还是一个女的？

齐竞自问，当真这是我的性别意识在起作用吗？为什么我会如此紧张，生怕汪可逾有一天会被调离九旅？本来嘛！九旅是作战部队，根本不需要精通古琴的文艺人才，只要大军区文工团来一封"商调函"，九旅就没有理由不放人走。

将近五年过去了，汪可逾保持不变的，唯有她让人无不心生好感的那种标志性的天然微笑，此外一切都彻底改变了。她已经不再是尚未成年的那个干瘦干瘦、皮肤略显发黑的女学生，似乎是按照同比放大了的一名白白净净、丰满而又匀称的十七岁女八路。和一般少女相比，她双乳位置略略靠上去了几分，走动之下，胸部先自向前送出一点，平添了几分轻灵俏丽。

初次见面，齐竞就已经在反复审视着小汪的一双手了。只是左手大拇指和无名指因为按弦，留下一道浅浅的凹槽，不细看不是很明显。"非我不惜白玉手，三层霜茧入琴门。"圈子内虽然流传有这个话，实际上并无多大影响。

司令部机关的女同志们，无不羡慕以至于是嫉妒汪可逾的一双

## 第二章
### 让春天随后赶来好了

手。她们纷纷议论,矮小的女人指头短粗,肉乎乎的,不必去讲。高挑个儿的女性,手指伸出来干干瘪瘪,也并不怎样中看。汪可逾十指尖尖,三个骨节格外分明,如用细线束紧着,指头肚浑圆浑圆,而又不显得粗泡泡的,连同整个手掌,十分协调,无可挑剔。

据说在弹拨乐器中,古琴的指法最美、最具观赏性。这个结论又是如何得出的呢?假如看到过九旅司令部女文化教员小汪弹琴,这个问题就不是问题。在四个八度的开阔音域之间,以变换多姿的五十几个指法在弹拨跳荡,在轻挑细抹,能不养人的手吗?

齐竟绝对不会坦白告知别人,他理想中的"另一方面",应该是如跳高运动员那样高大健美型的,却又不当真多么壮实,略显有那么几分柔弱的样子,才是他所中意的。其实,他也未见得能够上升到理论层面,说明为什么必须足够高大丰满,而同时又要保持着女孩儿天生柔弱的一面,无非是依小汪体形为标准定下来的一个标准就是了。

更要三缄其口,他决不会向任何一位好友透露,女方身体的哪一个或是哪几个具体部位,从视觉上构成了对他的最大杀伤力。一言以蔽之,这次再见到汪可逾,他仿佛被一颗子弹击中了,好在他并没有应声栽倒在地。

当天的日记,他写下了这样几行字:

何曾料想,五年之后的今天,她又带着自己的古琴前来司令部报到了。韩愈有句诗"天街小雨润如酥,草色遥看近却无",九旅司令部驻地无论遥看或是近觑,早已是嫩绿一片,让春天随后赶来好了。从即日起,必须时刻警惕自己了!

## 4

除去汪可逾,也还有从北平或是重庆、上海到太行区来的。他们处处学着老同志的样子,要不了多久,也成了地地道道的"老"同志了。汪参谋不同,她丝毫没有改变自己固有的人生姿态,甚至也未能改变她日常生活中一些与众不同的做法,小汪依旧是小汪,总也"老"不起来。

比如,通常人们开门、关门的那个部位,用手接触频繁,她认为是最不卫生的。她总是高高举起臂膀,按到房门的上沿把门推开,随后背对房门,轻轻向后蹬一下,咣当一声,房门阖上了。不知道世界上还有没有第二个人,是采取此种特别方式开门的。

有人讽刺说,小汪的床铺简直就是"皇家禁地",不分男女长幼,一概不许人坐她的床单。不错,这个情况完全属实。可是,从不曾发生过那样的尴尬场面,人家坐下了,她赶人家走。小汪在床边加铺了长长的一条白布,客人只管在床边坐下,过几天她便换洗一下那条布。她从没有嫌弃别人不卫生,也从没有因为自己的卫生习惯妨害了什么人,井水不犯河水,你管得着吗?

共青团(共产主义青年团)每月交团费,小汪总是用一块白色小手帕托着钱，完了收回手帕，洗洗再用。

团小组长火冒三丈："汪可逾同志！你是受过候补期培养教育的，应该懂得交纳团费是一个共青团员应尽的神圣义务。这钱是太行边区政府发行的唯一合法货币，沾都不能沾你的手。你想过没有，这属于什么性质的问题？"

小组长比小汪年龄更小，如此义正词严的样子来教导她，让她觉得很好笑。

"怎么啦？您也用手帕把钱收下，不就得了！"

5

汪可逾还有那么一种怪毛病。已经上床休息了，发现地上两只鞋子摆得不整齐，而且是右脚鞋子在左边、左脚鞋子在右边，这是她绝对不能忍受的。她非要爬起来，把两只鞋子摆得端端正正的，才安心入睡。

房东大门上新贴了对联，"春前有雨花开早，秋后无霜叶落迟"。左右门联高矮不一，这就不说了，最糟糕的是上下联位置贴颠倒了。如果是别的人家，小汪可以绕道走，避免经过这家大门口。偏又是住户，出出进进逃不开这一副倒装对联，这不要了她的命吗！

小汪借用别人毛笔，写了同样的一副红对联来，要帮老乡更换一下，不料房东老大爷不干。小汪耐心解释说，春种、夏长、秋收、冬藏，这个顺序是铁定的，上下联倒过来，绝对不可以！老大爷笑着说，自打盘古开天地，三皇五帝到如今，没听说过谁家贴门联，把时令四季给贴乱了。

部队即将开拔，小汪和房东还在纠缠不休。劝解小汪没有用，不把春夏秋冬理顺了，她是不肯罢休的。军务参谋试图说服老大爷："您家的门联，当然应该由着您老人家。问题是，上下联倒贴过来，那字里行间就变成两句骂人的话了。要不要更换一下，您自己斟量。"

房东老大爷心服口服，换，换，换！

旅政治部宣传科姜科长，人称"姜马克思"，给全旅干部宣讲过艾思奇的《大众哲学》。根据这位学术权威论证，汪参谋的这一种"怪毛病"，俗称"平衡觉"，也不妨称之为"美感直觉"。他说："我以严肃态度告诉你们，这是先天设定的一种强烈意识，是人类所共有的一种'通病'。不仅小汪有，我本人也有，即使是目不识丁不知美学为何物的人，也同样会有，你们少见多怪了。"

## 6

机要室报务员第一次和汪可逾相遇，老远老远，小汪便送出了她特有的微笑，轻声轻语道一声："你好！"

区区小事，回她一个"你好"，各走各的路不就得了？可对报务员来讲，这无异于一场意外遭遇战，他完全陷于被动，一时张口结舌的，不知道如何来应对她的问好。

依着农村的习俗，彼此见面总是问"吃了没有"。部队集体开饭，

## 第二章
### 让春天随后赶来好了

见面问"吃了没有",就显得很滑稽。于是省略了互致问候,见面大呼小叫,相互拍拍肩膀头,或是当胸恭敬一拳,战友深情哥们儿义气全在其中了。不过,那一拳过来不知你是否挺得住。

有那么一位仁兄,出了名的爱耍贫嘴。与汪参谋相遇,他有意要逗一逗她。小汪礼貌地向他问了声:"你好!"

"你是指哪一方面?"他当即反问。

小汪愣住了,从不会有人这样反问,只好回答说:"各方面的。"

对方十分犯难的样子:"哎哟!那就复杂了,虽是个人问题,很多方面和国内国际形势都有紧密关联,几句话怕讲不清楚。"

司令部机关的女同志,都有这样的亲身经历。夜色沉沉,传来女人的一声问候:"你好!"因为光线黑暗,看不清她的面部表情,发自内心亲近友好的语音表明,小汪在睡梦之中,照例向别人送出她特有的那种标志性微笑。

汪参谋竟是如此执着,仿佛永无休止地在推广着仅仅属于她一个人的这种民风习俗。曾有人问汪可逾,总是你在向别人问好,是不是也有谁主动向你道过一声"你好"?小汪默默摇头。她不好如实回应,却也不便给出否定答案,于是模棱两可说:"应该是有的吧?"

实际上直到她生命结束,从不曾领受过九旅战友们任何一个人的一声问好。

## 第三章 瑟瑟战栗的紫薇老树

1

"卢沟桥事变"以来,曹大姐就一直担任着本村"妇救会"主任,全称为"妇女抗日救国联合会"。像割韭菜似的,她一茬又一茬动员村上青年参军,披红挂绿把他们送走,因此被区、县选为"扩军模范",出席过太行区"英模大会"(太行山抗日边区杀敌英雄与劳动模范庆功大会),领回一张奖状,上面盖着边区政府的关防大印。

不知不觉已经是二十大几奔三十岁去了,再也拖不起了,曹大姐打起了她个人的小九九。回身往韭菜地里一看,新的一茬刚刚冒出土来,过于嫩小,下不去镰刀。得了!时至今日还讲什么老呀嫩的,曹主任别无他途,只能是走"小弟弟路线"了。

她第一个瞄上的就是曹水儿。曹水儿还够不上当兵年龄,可是人蹿得老高老高,要仰起脖梗看他,还能挑拣出什么像样的来?就是他了!

村里一批又一批青年参军,临行前总是匆忙地举行婚礼,以防有变。曹水儿曾在那些半大小子们的怂恿下去闹新房,他年少不更事,误将做伴娘的妇女主任当作新娘,在身上乱摸一气,被妇女主任抓破了脸皮,留下一道不明显的伤痕。不想,最后她竟选择了这孩子来扮演"小女婿"的角色。

别人走"小弟弟路线"可以,轮到曹大姐走不通了。曹水儿当真

## 第三章
### 瑟瑟战栗的紫薇老树

是她本家的远房弟弟，多了一层宗族关系，于是构成了不可逾越的障碍。不要说正式办理登记，起了这个心思，就是伤风败俗辱没祖宗。但妇救会主任抓住一条，曹水儿是过灾年从外乡人手里抱来的，并非曹家的骨血，她终于从区上领回了结婚证。

入了洞房，新娘子才明白，难怪人家说，曹大姐聪明一世糊涂一时，摘了一个生瓜蛋当宝贝疙瘩。现在她品尝到了，"生瓜蛋"竟是如此这般地"生"。虽经她多方启发诱导，对方始终不得要领。女人抡起双拳在新郎胸脯上嘭嘭嘭擂个不停，止不住号啕大哭。

新郎官懵里懵懂，不知道爆发了什么重大事变，他手足无措，试探着轻轻唤道："大姐！"不想大姐呵斥道："谁是你姐！"曹水儿连忙改口称："曹主任！"曹主任更是怒不可遏，三下两下把新郎官给踹下了炕。

按虚岁算达到了结婚年龄，不也就够上了入伍年限吗？无话可说，妇救会主任动员别人"好铁要打钉，好男要当兵"，怎么能把自己男人拴在裤腰带上？只等鸡叫三遍，锣鼓敲打起来，就该欢送新兵上路了。

新娘叫醒了丈夫："曹水儿！你不要我，也就罢了。你总得亲一亲我，好歹也算是夫妻一场。""往哪儿亲？"曹水儿怯怯地问。"哪儿都可以，从头发到十个脚指头，我洗得干干净净的。"恭敬不如遵命，曹水儿学着太行山老农默默无言勤恳耐劳的样子，凭着一把鹤嘴锄，铲倒一簇簇蒿草，掘开板结的原始土层，一面荒坡开垦已毕，连石头缝里也不曾遗留一块生土。

## 2

曹水儿赶上了抗日战争的一个小尾巴，所以他佩戴过早先的18GA臂章（中国国民革命军第18集团军）。日本投降，随即换发了新臂章，以蓝色为底，居中留出一个空白椭圆形，印有"八路"两个楷体字。至一九四七年三月，挂起了"中国人民解放军"臂章。

臂章背面填写的是姓名、年龄、性别、民族、籍贯、血型，最后这一项，比前面几项紧要得多。作战失血过多，必须"对号入座"，按照你的血型给你输血，搞错乱了，反而会断送伤员性命。我们部队不可能普遍化验血型，那实在是太过奢侈，上到总司令朱德，下至新战士曹水儿，"血型"一栏都空着。

有传言说，曹水儿一九四八年在大别山作战中光荣牺牲了。曹水儿的女人曹大姐安安静静地听着，一点不动感情。部队进入大别山，一直是无后方作战，打得很苦很苦，所以女人早有这一种心理准备，她甚至自我打趣说："全国解放几年了，人总也不照面。还用说吗，不是'光荣'了，难道还是他在爪哇国当了东床快婿不成！"

先前是说，曹水儿在大别山光荣牺牲了。可后来这个话提不得了，风闻他因为奸污妇女，被五花大绑执行枪决了。曹水儿的女人听了，止不住大笑说："他犯下了一百条罪过我都信，要说是犯在女人身上，忒不靠边了，一准儿是有谁重了我男人的名字。"

只是那么乱传罢了，未经领导证实，所以曹大姐门口照常挂着"军属光荣"的牌子。

## 第三章
### 瑟瑟战栗的紫薇老树

见到这位元老级的村妇救会主任曹大姐，人们少不了会连声赞叹，老太太年轻时候别提多么漂亮！那些妙龄女郎向老人家求教保养秘诀，您用什么牌子的粉底？您用什么牌子的面霜？对老人交心说，我到了您这把年纪，如果还能保持您这样，算我烧高香了。

想以自己身体再现曹大姐的生理奇迹，倒也不难。首先，你要乐意接受一个纯粹是走形式而并非男婚女嫁真正意义上的新婚之夜。虽身为人妻，你要能年复一年苦守空房。否则，已经步入了古稀之年，怎么还会有那样黑黝黝的头发？皮肤仍会那样细腻嫩生？胸部依旧会高高隆起？

和曹水儿一起出去的同乡战友，有几个陆陆续续复员回来了。曹大姐第一时间登门拜访了他们，不但没有得到一点有用的线索，反惹她心里很不痛快。这几个老兵"人品太次郎"，他们当面给了妇救会主任许多廉价的安慰，背过脸去，却又四处传播曹水儿花花草草的故事，以致邻近村庄沸沸扬扬添油加醋地都在讲。

姊妹侄嫂们力劝曹大姐改嫁。大姐是我们区、县这一方的人尖子，从哪一面讲都不占下风头，为什么要这样苦害自己？曹水儿这种无情无义之人，去他娘的！曹大姐悄悄地问道，一个生瓜蛋，转眼出息大了，成了一个纠缠女人的行家里手，你们当真相信吗？

人家取笑她说，亏你生在农村长在农村，五谷杂粮有赶前的有滞后的，节令不到，秆儿疯长，蹿得老高老高，早悄悄在结穗儿灌浆了。"稻熟一日，麦黄一晌"，赶早了当然不行，错过了这一晌，饱饱的麦粒儿爆出来，蹦蹦跶跶散落在地上，要收收不起来了，只能由他去了。

　　大姐推心置腹地说，我不是那种小家子气的人，当真有你们讲的那些故事，我也认了。"妻子送郎上战场"，是我心甘情愿的，也全当我心甘情愿，把人借给那些女人了。天地良心！她们哪里知道，我是怎么把人交出去的。"一拜天地！二拜高堂！夫妻对拜！送入洞房！"唱礼完了，时间也到了，刚揭掉盖头，我就欢送这个孩子上路了。

　　老人的心结正在于此。她把自己一生一世，浓缩进了她与曹水儿的新婚礼仪程序中，日月如梭，风华已逝，总还感觉她的洞房花烛之夜是刚刚才被中断了似的。她怀着无尽的柔情蜜意，朝朝暮暮在期待着，相信她的"小弟弟路线"一定会是有始有终圆圆满满的。

　　这一棵紫薇老树哟！主干虽已老朽虚空，"神经纤维"传感依然保持着高度的灵敏性，人手指尖儿在树皮上轻轻挠几下痒痒，整个树冠便随之受到无法抵御的震撼，树叶花朵乃至枝条末梢，都会醉洋洋地瑟瑟战栗。

## 3

　　在骑兵连受训结束，曹水儿被留在连里，当了一名骑兵通信员。

　　连长派他到团部送信，特地嘱咐他说："到了门口先要喊报告，让你进去你进去，不让你进去你先在外面等一会儿。"到团部门口，曹水儿一本正经地高声朗诵出了他的报告词："报告！让我进去我进

## 第三章
### 瑟瑟战果的紫薇老树

去，不让我进去我先在外面等一会儿。"

屋内几个人笑得前仰后倒。待来人啪的一个立正站在面前，把他们全都给镇住了。教导团团长默不作声，绕着曹水儿转了一圈，品头论足地审视着。曹水儿当然也不曾想到，第一次独立执行任务，便受到了上级首长如此赏识。团长当即命令参谋人员："通知新兵连，曹水儿同志留在我这里担任警卫工作。我只要人，马匹枪支一律退给他们，空缺的兵员可以自行补充。"

那个年代，军队中高级指挥员少不了"四大件"。一、一匹好马，最好是汗血马；二、一块好表，最好是炮兵表；三、一支袖珍小手枪，比如左轮、八音、马牌撸子、花牌撸子，最好是比利时出品的勃朗宁；四、呱呱叫的一名贴身警卫员。"四大件"中缺着一件，走到哪儿都觉得脸上无光。

警卫员，最重要的是具有牺牲精神，在危急情况下，把自己身体筑成最后一个钢铁堡垒，绝对保证首长安全。生活上照顾首长，要周到细密，不出任何疏漏。激烈战斗中，警卫员随时随地都能把热饭热菜端到首长面前。正叮叮咣咣打着仗，饭菜是从哪里弄来的？首长从不问这些，只管狼吞虎咽吃上几口，把筷子扔到一边去。

留曹水儿给团长当警卫员，有人持不同意见。这个大头兵，别的方面先不要求他，结结巴巴的，连句话都讲不利落。

团长说："就是一个哑巴又怎么样？我不是要他来当翻译。"

只是在着装打扮上，曹水儿必须迅速跟上来，以适应警卫员与众不同的一整套讲究。从统帅部机关，一级一级直到基层部队，警卫员这一个界别的人完全制式化了，一个模子刻出来似的。

　　一般人，帽檐都是出厂的尺寸，警卫员的帽檐个个是加长的，说遮阳效果好，不晃眼。什么晃眼不晃眼，要的是一道阴影正罩在眉骨以上，足以让他们神气活现傲然自得。要把帽檐加长几公分又谈何容易？曹水儿要急死了，总算是弄到了一顶长檐的旧军帽。

　　士兵腰间那条宽皮带，是用来佩戴武器的，不允许外加什么装饰。而警卫员们，皮带铜扣一侧都加了一道三四寸宽的红布箍。其实这根本派不上任何用场，要的是那么一点小俏皮。据说，最早是一个警卫员的皮带断了，他用铁丝连接好了，铁丝暴露着不像样，用碎红布头做成一个箍套上去，问题解决了。到了曹水儿这里，好好的一条皮带，生生剪断了，用铁丝连接好，再套上一道耀眼的红箍。

　　为保证小腿肌肉正常活动，自古及今当兵的都要打绑腿，否则长途行军坚持不下来。一般来说，一人一副绑带也就可以了，警卫员则需要两副，先垫一副在脚腕上，打出来腿直直的，上下一般粗，看上去格外精干而又壮实有力。

　　更有甚者如曹水儿，他用三副绑带，打出来下面粗上面细。而以曹水儿的个头，配置上这样的腿形，愈发显出他是那么挺拔魁梧。一般是在小腿外侧折叠出一行"人"字，而曹水儿可以并行折叠出两排"人"字，叫作"双人字式"，谁见着都要投以羡慕的眼光。

　　通常，首长警卫员装备是"一长一短"，一长是指一条小马枪，一短是指驳壳枪。曹水儿则是"一长两短"，枪背带从两肩下披，在

## 第三章
### 瑟瑟战栗的紫薇老树

胸前十字交叉，两把德国毛瑟兵工厂出品的驳壳枪分置于胯骨两侧——俗称"二十响"。枪把上一条蚕丝绳，作战时把枪挂在脖颈上，以防脱手。平时便是一个漂亮的枪穗儿，左右两边摆来摆去，很够"派"的。

曹水儿在骑兵训练队受训，乘骑、射击、马刀、救护样样名列前茅。又以手枪最突出，每次考核，都要奖给他十发子弹，全都作为"体己"积存了下来。更何况曹水儿是"一长两短"，一个单兵的火力配备，足以抵挡密集冲锋的敌军。

当然，一名警卫员，个人形象也必须达到标准线以上，起码能带得出去才好，不可让首长有失虎威，也不可让首长显得刻板老气。无论走到哪里，一下看到某某首长的贴身警卫，眼前一亮，真个是"万绿丛中一点红"，给人留下深刻印象。

4

独立第九旅召开年终作战总结会，会间休息，旅、团老总们拿出自己的袖珍手枪相互观赏。比来比去，旅参谋长齐竞的一支勃朗宁M1906最抢眼，并且是最后一版改进型，达到了尽善尽美、登峰造极的地步，那些杂七杂八的牌子懒得再看了。

M1906比一包香烟略大，宜于隐蔽，在衣服口袋内便可以向对方"请安问好"，所以又叫作"对面笑"。隐姓埋名将自己毕生奉献给谍报战的男英女杰们，在千钧一发之际，往往就仰仗于M1906所能发出的几声"冷笑"了。

改进型的M1906，镀了贵金属，墨黑中透出蓝色光辉，枪身刻有细密的几何图案，握把不是通常采用的胶木，而是象牙。与其说是一件微型自动武器，不如说是一种工艺品、一种奢侈品，在旧时代深受上流社会淑女们的青睐。袖珍勃朗宁的悲哀正在于此，一旦落入太太小姐们之手，便沦为一只不会拉屎撒尿的小狗小猫了。

教导团团长一把抓过齐竞的勃朗宁，隐藏于背后说："'五号'，借我玩几天？不放心，我立字据给你。"

齐竞大笑说："我们俩是谁跟谁，拿去，玩腻了还给我就是。"

会议结束，大家握手道别，"五号"当面告知教导团团长："确定曹水儿同志留在旅司令部，担任警卫工作。我只要人，马匹枪支一律退给你们，空缺兵员可以自行补充。"

教导团团长这才恍然大悟，齐竞平时轻易不敢拿出他的M1906，今天忽然如此大方，难怪难怪！事已至此，有什么话都不好张口了。人家不做这样平等交换的友好表示，而是公事公办，直接让军务处下个通知，你不也得乖乖地留下曹水儿吗？

编制两名卫士，已经满额了。经上级批准，又给齐竞加配了一名骑兵通信员。他毫不掩饰地放言："曹水儿不分配给我，跟了哪一位，都委屈了人家孩子。"

第四章

野有蔓草

## 1

没过多久，旅政治部主任特地向齐竞反映曹水儿的问题："调这个大个子兵来跟你，考虑不够慎重。问题出在我们政治部，看走了眼，傻头呆脑的一个小农民，男女关系上拉拉扯扯。"

齐竞第一反应，这不仅是对他身边人员，也是对他本人的诋毁。在他的印象中，曹水儿从早到晚从不曾离开过自己的视线，他根本不可能有时间外出。齐竞表示，调警卫员是我自己定的，做检讨轮不上你们。不忙，你先谈谈，发现了一些什么情况？

政治部主任讲出曹水儿一大串偷鸡摸狗的故事，又特地提到部队里正流行的一首歌。这一类歪歌，自然是悄声在"地下"传唱着。说明不仅仅出现了曹水儿这样的反面典型，现在风气整个儿很坏。有人来情绪了，公开扯着嗓子一遍又一遍地唱着：

抗战抗了八年多，
好的孬的没见过。
当了兵呀害苦了我，
害苦了我害苦了我……

随着这首《光棍歌》，又传出了一套一套乌七八糟的俏皮话。说

# 第四章
## 野有蔓草

"七九"步枪配发到了每一个当兵的手上，准星、标尺、枪栓、撞针，一样不少你的。你刀枪入库马放南山，能怪谁呢？你看人家曹水儿，打仗归打仗，行军归行军，一路下来，该种瓜的种瓜，该点豆的点豆，从不违误过农时……

齐竞笑了。听上去很热闹，没有负责任的揭发材料，拿不出过硬的证据，不作数的。政治部主任为难地解释说，据说曹水儿犯错误，多数是和房东女人鬼混，利用行军途中休息时间，开展"游击战"，打一枪换一个地方，不好派人去查实。

齐竞说，既然未经查实，你着的什么急？就算你下发了"处分决定"，怎么执行？无非是要他下炊事班。长途行军，他经常帮助炊事员背着行军锅，有说有笑。这种老办法对付别人可以，对曹水儿不适用，根本体现不出他正在受到军纪处分。

大不了是关他的禁闭。关进去容易，部队开拔，不是还得放他出来，一样跟上队伍走吗！前面打响了，怎么办？难道还要减少部队战斗力，派出专人看管他吗？你只能下令解除关押，让他和战士们一起投入战斗。那么，"处分决定"的严肃性又将置于何地？

## 2

传闻曹水儿利用部队途中休息那么一点时间，就可以完成一次"行军艳遇"，迅雷不及掩耳，很够"拍案惊奇"的。

叫开一户人家的门，见有男人在，骑兵通信员转身就走，另换一家。通常情况是，害怕被抓去带路抬担架，男人早躲得远远的了，只有一个媳妇在。曹水儿拎着一个麻布口袋，一边大胆靠近猎物，一边搭讪着上前说："大嫂！我这里有白面，跟你讨换一点马料，玉米高粱都行，大嫂一定愿意帮我这一个忙。"

信不信由你。曹水儿只消瞭上一眼，就知道行还是不行。在他的经验中，几乎不曾有过全面失利。年轻媳妇们总是战战兢兢慌乱已极，那目光深处分明又在冒出炽烈的火焰。仅在两方眼神交会之际，事情就确认下来，已经不存在任何有待解决的遗留事项。

邪了门啦！为什么他总能够所向披靡顺风顺水呢？须知，骑兵通信员曹水儿的高大雄健，不仅仅适应于警卫任务的特定需要，也完全符合妇女追求异性的基本原则。就连皮肤粗糙而略略发黑，也绝对不属于缺点，女人们并不喜欢白白净净的一张娃娃脸。这一头雄鹿，头顶生长着枝枝权权威风凛凛的一对大鹿角，不愁没有大队牝鹿排着长队在恭候着他的检阅。

烽火遍地兵荒马乱，虽带来了无尽的祸患，却也打破了数千年来农耕传统带给庄稼人的封闭与孤寂。乡下妇女，难道就不向往走出烟熏火燎的灶屋间，去探索一下奇妙无穷的外部世界？难道就不编织着一串又一串罗曼蒂克的美梦？

在旧时代，农村妇女常有冲破家庭藩篱，跟草头剧社一个唱武生的戏子、跟包揽红白喜事的响器班子里一个吹鼓手、跟贩卖花布的一个年轻行商一同私奔。现在，她们的"白马王子"，只能是一个"八路"小伙儿，还会有谁呢？好一些大姑娘小媳妇要跟曹水儿走，全被他断然拒绝了。否则，他早拉起一个不大不小的娘子军支队了。

## 3

部队路经煤矿区，男人全都下井了，这真是天赐良机。曹水儿刚刚解下绑带，糟了！传来了紧急集合的号声。《聊斋志异》里的鬼狐美女，听到五更鸡叫，即刻就丢下她们的意中人，消失在夜雾之中，时刻一过便会现了原形。曹水儿也是一样的，只要听到集合号声，必须撇下女人即刻归队，不然后果他吃罪不起。

他飞快地又打好绑腿，不是一副，而是三副绑带，还要打出两排"人"字儿，急得满头大汗，汗珠滴答滴答地往地上掉。这个骑兵通信员的"初战"就此宣告失利，他连看都没看那个煤矿工人老婆一眼，跑步撤出了"战场"。

让另一方满头雾水，他这算是怎么一回事？已经松下了绑腿，谁知是虚晃一枪，重又把绑腿打上，他走人了。隔壁大婶帮这女人分析说，当兵打仗，子弹不长眼，准是他的那盏矿灯被打掉了。掌子面上没有他的份儿了，只能在山坡窑场边边角角的找点杂活儿。

从此，传闻中，曹水儿和女人鬼混总是不解绑腿的。于是让另一方不禁目瞪口呆。她们无论如何弄不明白，这个大块头"八路"装的什么疯卖的什么傻，为什么死不肯解掉绑腿呢？那就必须采取飞禽走兽及各种昆虫的奇特姿势与他相配合，岂不等于与一个异类共同繁殖后代吗？及至事情结束，农家女才恍然醒悟，这多年来的夫妻生活，只能说是假门假氏应付公差罢了。一句话，我枉做女人了！

还有一种说法，相当具有文化水平，说曹氏家族里，不知哪一辈前人《诗经》读过头了，到了曹水儿这里，虽是目不识丁，不知"诗"啊"经"的几元钱一斤，却深谙《诗经》中洋溢着的民间风情，竟以一曲曲古老恋歌为蓝本，在演绎他军人生涯的多彩多姿。

周代战争频繁，为了休养生息繁育人口，特别开放了仲春时节。在这段时间内，未婚男女可以自由相会调笑欢娱，以致同居私奔也并不在禁。《国风》中大量采集了有关这个节日的诗歌，读来依稀感觉得到，华夏先民们的生活质朴恬淡而又是那样快意跳脱。

一首题为《野有蔓草》的四言诗，有过这样的描写：

> 野有蔓草，
>
> 零露漙漙。
>
> 有美一人，
>
> 婉如清扬。
>
> 邂逅相遇，
>
> 与子偕臧。

何其率真，何其生动。最后一句"与子偕臧"，据朱熹《诗集传》注释："偕臧，言各得其所欲也。"此情此景，正是曹水儿多次与农家女"邂逅相遇"的形象写照。骑兵通信员更胜一筹的是，他并不消极

## 第四章
### 野有蔓草

等待和平时期的到来，而是在漫天烽火中，为自己勾画出一个个"野有蔓草"式的良辰美景，令他欲罢不能。

4

更有鼻子有眼儿的，是这样讲的——

曹水儿战术上没有任何新的变化。今天又故技重演，拎着他那个麻布口袋上前说："大嫂！我这里有白面，跟你讨换一点马料，玉米高粱都可以，大嫂一定愿意帮我这一个忙，是吧？"

女主人并不回应，双手捂着脸，笑吟吟地静候着，只看男方采取下一个什么具体步骤了。曹水儿这才发现原来是个孕妇，已经是相当显眼的了，他二话不讲转身就走。没走出几步，他忽然记起这位大嫂像是在哪里见过的。回头看见，女人倚靠在门框上，怅然若失，任凭两行泪水淌下来。

本可以预期，作为传宗接代的有功之"臣"，孕妇在家庭的地位立刻便会大大提升。公婆会一反往常的敌视目光，而对她笑脸相迎，也肯定能够获得丈夫早已断绝了施舍的一份体贴与温存。中国农村妇女，指望实现自己的命运转折，这是唯一的一次历史机遇。

但是，女人义无反顾地做出了相反的选择。眼看自己肚子再难遮掩，便来了一个竹筒倒豆子，她向丈夫供出了一切。

拳打脚踢，是这种浪荡女人应该领受下来的一种起码的报应了。女人跪下来求告说，你踢我的头，踢我的太阳穴，踢我的心口，求你千万不要踢肚子。这下更是引来男人暴怒,狠命踢上去,女人披头散发满院子翻滚。

曹水儿从没有想过,竟还有这种令他措手不及的麻缠事儿。他并不明了,对这个大肚子女人,他理应负有不可推卸的责任。不过,至少他还意识到,眼下不能脱身一走了事,他像一个犯有过错的调皮捣蛋孩子,规规矩矩站在那里听候处置。

女人拖着艰难的步子走近曹水儿,抓起他的一双大手,按在自己腹部。曹水儿吓得连忙要缩回手去,女人狠打他的手背一下,他才按住了,不再乱动。女人眼泪汪汪说,这是你的亲骨亲血,只要我还有一口气,一定要把这个孩子给你生下来,给你养大。不管走到哪里,不管走出多远,要记着来领走你的孩子!

曹水儿口中咕咕哝哝在讲些什么,不成言语。他在算计时间,集合号随时都可能吹响,他焦躁不安地在原地打转转。

女人从背后搂抱住曹水儿,脸紧紧贴住他的脊背,如田野一般平坦而广阔的男人脊背。自己怎样受尽虐待毒打,一字也未提及。她在领略着她叫不出姓名的这个八路军战士的体温与男性气息。

传来了集合号声。曹水儿从女人怀抱中挣脱出来,转身要走。女人拉住了枪背带问他:"这口袋里真的是白面吗?"一语提醒了曹水儿,不如就把几斤面送给大嫂好了,别让她说当兵的太没心肝。但随即打消了这个念头,这是战马的供给,"滩枣"不喂料怎么行!孕妇看出曹水儿为难的样子,一把夺过了布口袋,冷笑着说:"小兄弟!这几斤面就算你不当心丢失了,大嫂我给捡着了。"

## 第四章
### 野有蔓草

　　妇人并非向对方索要她身体的代价，这笔债务，不是手中只握有几斤马料的曹水儿能偿还得起的。孕妇必须筹措生产和哺乳的一切所需。几斤白面可以找人家换成新米，万一下不来奶，就喂小米汤，稠糊糊的比什么都好。

　　集合号又在催促着，曹水儿再不敢拖延，他向大嫂举手敬礼，冲出院门跑走了。女人在他背后放声高喊："记着来领你的孩子！记着来领你的孩子！"

　　大嫂完全忘记了，这是她的一桩丑事，绝对不可以声张出去的。不！这位未来的母亲是在示威，她重合着嘹亮激越的军号声，傲然向世界宣告，我生了我养了！我胜利了！

# 第五章 他发现了一颗未经命名的小行星

1

齐竞给他的坐骑取名"滩枣",寓意不言自明。黄河滩枣,是干果类中个儿最大最为鲜美而受到人们一致青睐的,他的这匹枣红大洋马实在是够出类拔萃。

九旅的伤病员们,很少有谁不曾享用过"五号"首长的坐骑。现在有了一个汪可逾,生理上有问题,首长交代要给予特殊关照。一到夜行军,就见骑兵通信员曹水儿牵着大洋马,等在路边说:"汪参谋!首长说,该要小汪换着骑一会儿了。"

汪可逾很害怕"滩枣",远远地不敢靠近,更不必说乘骑它行军上路。在骑兵通信员曹水儿的热心帮助与教导下,小汪很快就与这匹颇通人性的老军马建立了十分亲近的友谊关系,她的骑术也在迅速长进。

屡立战功的"滩枣"颈项高扬,四肢修长,面孔正中留下一"笔"白色条纹,像京剧脸谱似的,从两耳正中直至嘴唇处,将狭长的脸部辟作左右两半,给人以一种天然的奇幻感,顿觉它是那样高大伟岸而又文明优雅。马头正面是它的盲视区,只见"滩枣"稍稍偏过头去,那湿漉漉的大眼睛,在观察着汪可逾这个陌生的女军人。

小汪面向马头内侧,沿四十五度角以缓慢动作向马颈靠近,慢慢将手伸向马头,同时轻声地一连呼唤着:"滩枣!滩枣!"枣红马低头嗅着小汪的气息,在判别此人对它有无危害性。

小汪观察到,战马的眼神依然那样和悦,便大胆地触摸了一下它的面颊,又在马的肩背处为它搔搔痒。"滩枣"不经意地摇动着耳朵,看来并无异常反应。它默许了小汪为它搔痒向它讨好,那么也就等于正式接纳了她。和所有初学者没有区别,小汪经历了内心恐惧与高度兴奋相交织的这样一个必经的过程。

其实,曹水儿并无太多具体教导,不过简略地交代了几句话,小汪竟能一气呵成,顺利完成了每一个步骤,讨得"滩枣"百分之一百二的欢心。曹水儿以骑兵部队的术语嘉奖女骑手说:"汪参谋的'乘骑感'真好,不是一般的好,你是自来的就好。"

"乘骑感",并非单单讲人的感觉,实际讲的是人与马的无障碍交流。虽尽在无言中,彼此能够领会对方一举一动所传达出的预示。甚或未及给出动作,潜意识中已经在给对方以应有的配合了。这样的高超境界,不是刻苦训练可以学到手的,这种感觉是自来就有的,圈子内称为"两随身儿"——乘骑者与马匹两位一体化了,彼此间浑然不觉有对方的存在。

也有很多人,始终与自己的坐骑格格不入,调皮的军马常常会突然转向,把主人闪下马来。更有那种爱捉弄人的,使出小颠步,哒哒哒哒把主人的五脏六腑都给颠出来了。

汪参谋说:"什么'乘骑感',不过是'滩枣'特别迁就、照顾我,我心里有数。"

## 2

　　小汪想着对枣红马表示一点谢意，怎么表示呢？想来想去，决定赠送一首古琴曲给马听。这个想法未免过于"小资"了一点，说要弹奏一曲给某某好友，已经够古怪够装模作样的了，更何况要赠送一曲给一匹马听，吃饱了撑的！

　　小汪选定了琴曲《关山月》，这首曲子是二十世纪梅庵琴派著名代表曲目之一，音韵刚健而质朴，抒发征人报国思乡的情怀，称颂军马战车在战争中不可阻挡的威武气势。

　　可不是嘛，商汤出动"良车七十乘"，便灭了夏。古代战争攻防形式主要是使用战车，每辆战车用四匹马牵引，为之一乘。"良车七十乘"，算下来不过是二百八十匹战马，便直捣黄龙，夏王朝不保。春秋时期著名的城濮之战，晋军主力"车七百乘"，尚处于劣势。随后晋文公发奋致力于兵车强国，发展到四千乘，自恃立于不败之地。

　　乐曲不到三分钟，但要弹好却不容易，难点在于对所谓"蛇形鹤步"——古琴所独有的这种过弦技巧的把握。汪可逾一遍接一遍加紧练习，指尖虚实之际，似可远望军士们放马驰过，他们的鼓乐歌吟被西风席卷着，与裹挟在风中的粒粒黄沙一同被扬开去。同时传来战马长啸，蹄声踏踏由远而近，清晰听到了奔马在嘘气喷鼻。

　　哐啷一声，农家小屋的后窗从外面撞开了，一匹枣红马出现在窗口。汪可逾不免有些神情恍惚，难道真是古代一匹剽悍肥壮的军马闻声赶来了吗？定睛一看，却是"五号"首长的坐骑"滩枣"，将

## 第五章
### 他发现了一颗未经命名的小行星

两扇窗户拱开,鼻孔还在喷出薄雾一般的白沫。

惊奇不已的曹水儿赶上前来,结结巴巴地向汪参谋报告:"我正要给它全身洗刷一下,忽然它不干了,甩开我跑回村子里来了。我想,它一定是听到了什么响动,活见鬼了!马,能听到什么呢?我紧追慢赶,这才明白,是你在弹古琴。"

"是,我在练习一首古琴曲。"汪可逾说。

"可是,这匹老马它从来没有听过你弹古琴,怎么会照直就奔你这儿来了呢?"

"曹水儿,我不知道该怎么讲,才能让你有所了解。虽然'滩枣'从来没有听过我弹琴,车辚辚马萧萧,古来战场上早在流传着一首又一首战地琴曲。我毫不怀疑,我弹的这首《关山月》,正是'滩枣'最熟悉不过的。"

曹水儿似乎明白过来了:"怪不得!一下就把我甩出老远,好像古琴是专为它弹的,不赶快跑来对不起人!"

汪参谋大笑说:"一点不错,这首《关山月》是我特地赠送给'滩枣'的。我很少接触这首曲子,刚刚在练习,疙疙瘩瘩的。好在它不那么挑剔,还是大老远地跑来了。"

这位古琴演奏家,少儿时代就已经拥有了众多崇拜者,人们当面向她表示,特别迷恋她的哪一支乐曲,特别欣赏她的哪几个弹奏姿势。她又何曾有过这样的梦想,人民解放军的一匹军马,竟也成为她的一位无言的知音了。

汪可逾热情地搂抱住马头,把她光润细腻的一张粉团团的脸儿紧贴住马的面部。战马随即伸出舌头，舔舔她的两只手，又柔和地在女军人面颊上轻轻舔了一下。骑兵通信员嘿嘿嘿笑着说："我伺候它几年了，冷冰冰的，从来没有给过我这样的奖赏！"

## 3

自打司令部增添了一名文化教员，准确地说，是增添了一名女教员，还传出了一系列流言蜚语，比如有人散布说："身上穿了七八个洞，只能给人牵马，身上只一个洞，不愁没有马骑。"

一些中下层干部，在解决婚姻问题上无所进展，于是说出这种低俗的话语，以便出出这口恶气。军队干部结婚，执行"二五八团"规定，二十五岁、八年党龄、团级干部，三者必须兼备，缺一不可。可以举出一百条理由，证明这个规定来得正当其时；也可以举出一百条理由，抱怨规定太不公道。公道不公道自有天知道。

不仅在太行区，在陕北、在晋绥、在晋察冀，也都有这样的传言。不过都属于泛指，并没有具体化。而在独立第九旅司令部，可就变得非常鲜活，实有其人实有其事。很多人借题发挥，添油加醋绘声绘色，闹得沸沸扬扬，唯恐天下不乱。

部队正处于"大踏步前进大踏步后退"的战略行动中，每天二十四小时，大部分时间在行军路上。曹水儿总是牵着"滩枣"等候在路边："汪参谋！首长说，该让小汪换着骑一会儿了！"起初，她再三推却不肯上马，但几次严重摔伤，她彻底屈服了。除非又有别

# 第五章
## 他发现了一颗未经命名的小行星

的重伤员重病号，否则"滩枣"便理所当然归她骑了。

汪可逾患有严重的夜盲症，又是平板脚，可人家并不替她着想。大家心照不宣，矛头所向，明白是直接对准了参谋长齐竞的。

有代号的首长们，都已经成双成对，只有齐竞，"二五八团"早富富有余了，却一直高挂免战牌。既然你坚守着未婚阵地，大大小小但凡掀起了这一类风波，就难免会牵扯到你头上。搁在过去，"五号"早已向那些"自由主义老油子"展开反击，决不容许恶语伤人而无须承担责任，现在却迟迟不见他采取行动。

"随便好了！我倒要看看他们能闹到哪里去！"

## 4

汪可逾找到骑兵通信员曹水儿，劈头就问他："我听人在讲，身上七八个洞，只能给人家牵马，身上只一个洞，倒是不愁没有马骑。这话是什么意思？"

曹水儿脸色唰地变了，他慌恐已极，下意识地脚后跟一磕立正站好，准备接受一顿臭骂。

阴阳怪气的这种话，像是特为骑兵通信员曹水儿打抱不平的，这实在是滑天下之大稽。曹水儿本人不仅从无任何怨气，私下里常嬉皮笑脸地打趣说："给文化教员牵马坠镫，我巴不得的。最好我和'滩枣'对调一下，'滩枣'牵着我，文化教员骑在我的背上。"

不过是嘴皮子上来得痛快，对于这位女八路，他从没有过一个多余的小动作。曹水儿最害怕的是，汪可逾会误认为"七八个洞"的传言是他编造出来的，随时会找他算账。果不其然，现在人家打上门来了。这倒也好，对方不主动问及，你还真的很难有机会一五一十把话给她讲清楚呢！

"你先别生气，有……有……有话慢慢说。"曹水儿忽然变得结巴起来。

汪可逾完全莫名其妙："你干吗这样紧张？简直如临大敌，我不过是顺便问问。"

曹水儿语气强硬了起来："你为什么不问别人，偏来找我呢？"

"有几位同志告诉我，这事你不必找别人，去问曹水儿最好。"

"他们不安好心，都在耍弄你。"正在这时候，天上掉雨点了，曹水儿想借机溜走，"哎哟，要下雨了，汪参谋！我们改天再接着聊！"

汪可逾拦住他："不急不急，下不了雨。小曹，我们不谈这个，我问你，你是不是受过伤？"

"受过，是日本鬼子迫击炮好心照顾我的。"

"伤着了哪里，给我看看行吗？"

曹水儿撸起衣袖，又撸起裤管，给小汪看了几处伤痕。他讲解说，弹片进入的地方，伤口较小，也较为平复，隆起的伤疤较小一点；弹片出口处，留下的伤疤可就要大得多了，红红的隆起一大块，很显眼的。

小汪是有生以来第一次见到"挂花"伤口，虽然有些害怕，但还是伸手轻轻抚摸了小曹的伤口。她十分同情地问："疼吗？"

## 第五章
### 他发现了一颗未经命名的小行星

"弹片有的取出来了,有几块取不出。平时感觉不明显,遇有阴天下雨,伤口总是会隐隐地又痒又疼,准时得很。"

"总共是多少处呢?"

"伤口有进有出,算下来共留下八个洞。"

小曹话一出口,便自知有失,应和了所谓七八个洞只能给人牵马。他连忙要改口,可又找不出一句恰当的说辞,一下子僵在那儿动弹不得。

汪可逾抬手连连拍着自己额头说:"我懂了!我懂了!你身上七八处伤口,只能是给人家牵马。那么,不愁没有马骑的人,指的又是什么人呢?"

独独曹水儿赶上了,全世界再无第二个人,遭逢这样滑稽好笑又是极为尴尬、极为尖锐、极为难堪的一种局面。如果眼前有悬崖绝壁,曹水儿宁可纵身一跳,以摆脱小汪的追问。他被逼得像一只陀螺,跺着双脚原地打转转:"哎哟哎哟!这不是要我的命嘛!你毙了我,我也回答不出!"

"小曹同志!这里会有什么鬼的重要机密,各个都在谈论,唯独到了我这里,不能以实相告呢?"

曹水儿已经再无退路,他端正一下军帽,郑重宣告:"汪参谋!那还能是谁?当然指的就是你了!"

"你胡扯!我至今还没有捞着参加战斗,没有挂过一次花,所以我一直深感遗憾,自己身上连一个洞也没留下。"

汪可逾说着,忽地醒悟了过来。跟着就是一阵大笑,笑得前仰后倒无法控制。意识到一个女同志这样毫无顾忌地放声大笑太过分了，她连忙用双手捂住了口。大雨要来了，她连忙跑回自己的住处，留下一串串笑声。

## 5

如果汪参谋怒不可遏，一口唾沫啐过来，曹水儿完全可以接受，该！一个女人，遭遇如此不堪的人身侮辱，她无论做出怎样疯狂的反应，都不能讲是过于激烈了。

当晚行军，骑兵通信员特别留意着，看汪参谋会采取什么行动。他照例站在路边等候着："汪参谋！首长说该让小汪换着骑一会儿了！"小汪毫无推让之意，仍然照例骑上"滩枣"追赶队伍去了。换了另外任何一位女同志，人家宁可一头栽倒在行军路上，也决不再上"五号"的枣红马。

此类流言庸俗不堪，人羞于讲出口的，如污水粪尿劈头盖脸浇下来。汪参谋竟以一阵忍俊不禁的大笑作为回应。天哪！她怎么能笑得出来呢？明知有这个传言，首长的马照骑不误，好像她纯属局外人，不堪入耳的流言传播与她毫不相干。

曹水儿由此所受到的内心震撼，决不下于美国 B-29 空中堡垒投在广岛、长崎的两颗原子弹。正是携有致命污染物质的核裂变冲击波，才可能触动曹水儿，让他有所开化。

此人一向热血澎湃，从不缺少雄性荷尔蒙原始冲动，此外便一

# 第五章
他发现了一颗未经命名的小行星

概谈不上了。今天太阳从西边升起，四肢发达头脑简单的马头军动心思了，并且大大开窍，恍然间对早已十分熟悉的汪参谋，有了一个全新的再度认识。

他使用了富有理论色彩的语言分析说，除去平板脚、夜盲眼，原来汪可逾还有另外一个生理"缺陷"——天生的毫无心计。她对任何人不存有戒备心理，更不必说人类所固有的那种无所不在的攻略防御意识。一座城市根本不设防，你也就无法去攻而陷之。流言蜚语要来自管来好了，如同一拳打在棉花堆上，不可能对她造成伤害，到头来她一笑了之！

对这位女八路的一片敬慕畏怯之情油然而生，心服口服，五体投地。曹水儿开始以九十五度角仰视对方，举目向万里夜空观测，但见一颗明亮的小行星，正闪闪烁烁环绕太阳轨道在运行。按照国际权威机构一九四〇年版统一编号，在一千五百六十四颗小行星之外，曹水儿所观测到的，是又一个尚未正式命名的自由天体。

6

虽然汪可逾被偶像化了，感觉上是那样永远遥不可及，但自惭形秽的曹水儿，却又对他顶礼膜拜的对象怀有无限同情与怜惜。在严格集体化的粗线条军旅生活中，显得她是那样孤零零的柔弱无助。更何况就要过黄河了，未来形势愈加险恶，天知道她怎么能适应得了！

在人们看来，女文化教员极有可能会是曹水儿一个成功的狩猎对象。现在，来了一个角色大转换——骑兵通信员打定主意，要随时随地呵护这个北平女学生。他绝对不再容忍，又有什么污浊不堪的事情，播弄到她的名下来。要尽一切可能，各方面给她以切实有效的帮助。每念及此，他便顿觉精神百倍，内心充满了自豪与庄严感，一项特殊的义务，历史性地落在这个骑兵通信员的肩上了。

曹水儿首先向自己发出了严正警告，今后他与汪参谋之间，始终要严格保持着"一个骑马的"与"一个牵马的"二者应有的正常关系。你这个没脸没皮一肚子坏水的臭小子，绝对不许招动她！一个指头尖也不许碰她！

汪可逾手无缚鸡之力，很难完成上马动作。每当此时，她浑圆浑圆的臀部便一览无余暴露在曹水儿面前。托着臀部"送"她一下，事情再简便不过，曹水儿却从不伸手，宁可看着汪参谋一连几次失败。现在，小曹总是主动蹲下身去，摆出一个"马步"，让小汪踩着他的膝头上了马。

汪参谋在马背上回首一笑，多谢小曹！

在旧军队里，那些年轻俊朗的贴身马弁，常常轻而易举占有了长官们的妻女。九旅司令部的流言风波好容易才平息了下来，又有好事者传出话说，走着瞧，好戏还在后头哩！

## 第六章 一道明丽灿烂的战地风景

# 1

文化教员的职责,本来是为司令部干部战士上文化课。眼下一个战役接一个战役,根本没有休整时间,文化课早撂到一边去了。汪可逾不好意思总是处于"失业"状况,她跑去找"五号"要工作。齐竟倒不感觉这有什么不妥。

"有空余时间,你不正好可以多练练古琴吗?"

如果在文艺团体,你一天二十四小时练琴,那是提高专业水平,领导表扬群众称赞。在九旅司令部,练琴多了,人家自然就会有反映,话讲得很不中听。完成了本职工作,利用业余时间练我的琴,别人管不了那么宽啦。小汪考虑很实际。

"五号"找来政治部宣传科姜科长,当面把文化教员汪可逾推荐给他,由宣传科安排小汪参加标语组工作。姜科长知道,小汪出身于北平一个颇有名望的书法世家,标语组求之不得的。他心里那一份兴高采烈,就别提了!表面却假作诚惶诚恐的样子说:"首长!我怎么好收编汪参谋这位大才女,吓死了我们小组那些人,谁还敢动笔写标语?"

"姜科长别挖苦人。给我的任务是要在砖墙上写大字,太难了!我得拜你和标语组的同志为师,向你们求教。"汪参谋十分恭敬地说,"小时候倒是跟父亲学过几天小楷,太缺少天分,总是让父亲着急,

## 第六章
### 一道明丽灿烂的战地风景

恨铁不成钢。"

齐竟也说:"小汪不必过分谦虚。小小年纪,已经登广告给人写字了,据说还正式订得有'润格',是吗?"

汪可逾大笑说:"没错! 楹联三尺四元,五尺八元、八尺十二元;手卷册页斗方每尺四元,逾尺加半;团折扇跨行每件四元,夹行加半;寿屏另议,黑面书金另议,先润后墨随封加一。"

"你看你看,我们哪里请得起哟!"姜科长开玩笑说。

"没有那么夸张,父亲总想把我带出去就是了。老人家无拘无束,自顾活得宽心快乐。我写完了一幅字,他把笔夺过去代我落款,署上我的小名——汪纸团儿。"汪参谋又是一阵笑。

人们一般都羞于提及自己的乳名,似乎是自己一个什么不大光彩的标签。小汪一点也不介意,她向司令部女同志们披露了,她老爸是怎样为她取下这个乳名的。

小汪上面有五位哥哥,送子娘娘一个女孩也不舍得给。书法家父亲裁好了宣纸,正要写一幅草书,医院妇产科来电话了,恭喜您!夫人给您生了一位千金。父亲将裁下的纸边揉作一团,原本是要丢进废纸篓里去的,因为大喜过望,一时不知所以,竟丢进了盛满清水的玻璃杯。

书法家仰天大笑,女儿的名字有了,就叫"纸团儿"!

"五号"当即询问:"小汪,你父亲是不是讲过,他为女儿取这个名字,是有某种特定含义的?"

"爸爸纯粹出于无意,兴之所至,信手拈来,给新生儿取个名字罢了，并无什么深意。"

齐竞鼓掌说："这个名字别具一格，妙趣横生，富于家庭温馨感，又很生活化。只是部队内务条令有规定，不然我们大家都可以喊你'汪纸团儿'，那该多好。"

"不不不！还是要保持内务条令的严肃性！"小汪认真说。

## 2

"姜马克思"接受了一项重大任务，不敢有任何怠慢，他决定亲自来教汪可逾学会写大字标语。

首先，小汪必须学会挖红土。最好选择烧瓷器的上等陶土，富有黏性，不易脱落，写出字来是橘红色。稍稍添加一点锅烟子进去，便成了第二种颜色——土红。务必要把杂土渣滓挑拣干净，用细箩过一两遍，才会显得细腻光泽。白色标语，使用纯石灰粉就可以了，往标语桶里倒石灰，一定要遮盖一下，弄进眼里受不了。

要用黑色颜料，可就较为复杂一点了。提着标语桶，要求在老乡锅底挖一点锅烟子，常常会遭到断然拒绝——扫人家烟囱、挖人家锅底，都是犯忌讳的事。当然，如果由小汪出面，情况就大不一样了。大婶大嫂会笑眯眯地迎上来说："知道知道，你们挖锅烟子刷标语，随你自己挖去就是。只不过你得轻手轻脚才好，这么白格生生的脸儿，扑上去锅烟子，谁担待得起？"

起初，汪可逾调出的锅黑颜料如同清水一般，写在墙上不见痕迹，怎么一回事？姜科长检查出，原来她忽略了一道工序，锅烟子里只能滴那么几滴水，用力搅拌，逐渐一点一点加水进去，稠糊糊的才适用。一下兑多了水，弄成了稀汤汤，只能倒掉完事。

黑色来之不易，通常只是用来为红色白色标语加描一道黑边。加边艺术没有什么深奥，小汪一看就会。一种是全描，每一笔每一画，四周全要勾一道细细的黑边；另一种是区分阴面与阳面，所谓阴面，是指在每一笔横画的下侧与右侧以及每一笔竖画右侧加黑边，撇、捺也随着笔画形状在右下侧勾一下边。只此一个小花样，你笔下的那些方块字全都立体化了，烘托出来，愈加显眼。

写标语的刷子，也叫作排笔。因为日常消耗量很大，只能靠个人自行解决。姜科长曾向小汪表示，由组里保证你的供应，你就不必学着扎刷子了。小汪的手，几次被洋铁皮扎破，终于掌握了这一门技术。

弄不到猪鬃、羊毛、黄麻那些，小汪悄悄地加以钻研，她用碎布条扎成长短适当的"笔头"，掺入几根细细的竹篾棒棒，保持"笔头"不打软。写出的字画又很规整，不会那样毛毛参参的。

3

汪参谋先是给别人打下手，很快她就成为标语组的一支主力军了。姜科长特地配属给她两个兵，负责她工作所需的各项勤务，保证她不会从梯子上摔下来。

现在小汪单独执行任务了，便立即舍弃了美术字，回复使用柳体楷书，充分发挥了她的童子功优势。虽然在砖墙上很难体现毛笔字奥妙之处，但毕竟是楷书，更容易为读者所接受。老乡们反映说："这位女八路写出的字与别人不一样，一眼就认得出，不用你大伤脑筋去猜。"

春秋天还好，一到七八月，面对被太阳烤得滚烫滚烫的一道砖墙，去刷大标语，真得拿出一点精神头来。强烈的紫外线照射下，臂膀和脖颈上立时就脱掉一层皮。十冬腊月，小汪几乎是颤颤巍巍站在木梯的顶端了，还要高高举起手臂，向上够着去写标语。石灰水倒流进入，顺着小臂而腋窝、而腹股沟、而大腿小腿，冰凉冰凉的直至脚板心。尤其作为一个女性，生理上的刺激就愈发让她痛苦难忍，又不便对人言说。

行军途中，部队休息埋锅造饭，标语组哗啦一下全散了出去，要不了多久，村里再找不出空白墙壁了。怕就怕的是，往往写到半半拉拉，传来紧急集合号声，部队开拔了。标语组慌了手脚，不得不立即收摊子，跑步去赶部队。汪可逾也赶上过这样的情况，两个小战士急得像热锅上的蚂蚁，不住在喊："汪参谋！快下来，快下来！部队走远了！"

汪可逾像是根本没有听到，只管站在梯子上继续刷她的大标语。即刻停手，去追赶大部队，把尚未完成的一半标语留在墙上，算是怎么一回事呢？她绝对不能接受。直到写完最后一个字，勾上了黑边，任务圆满完成。

## 第六章
### 一道明丽灿烂的战地风景

延误太久,部队出去很有些里程了。他们不要命地紧追慢赶,汪可逾大口大口喘气,再也支持不住了。两个战士只好扔掉标语桶子,分左右一边一个,架着汪参谋猛跑……

## 4

"姜马克思"作为部门领导,时不时要到标语组工作现场,和汪可逾一起刷上一两条标语。看见小汪站在木梯上摇摇晃晃的样子,很担心会出事,连忙上前为她扶着梯子。汪可逾甚觉不安:"姜科长!你这样我怎么敢当,我这里有两个小同志帮忙了。"

"让他们两个休息一下,我来!"

一条大标语终于完成了,汪可逾先把标语桶子递下来,然后背着身一步步慢慢下梯来。至下边两三级,姜科长高高举起右臂,去接应小汪。照通常情况,小汪自然而然会把她的手交给那一只强有力的男性之手,被牢牢攥在掌心里,安安稳稳走下木梯。

但汪可逾早已经习惯了爬梯子,为了表明她完全无须外界任何援助,她躲闪开了姜科长的热情之手,腾的一下跳到地面上来,向对方道一声:"多谢多谢!"

姜大科长懊丧之极!和小汪握一下手,这实在是一个极为有限的奋斗目标,却错过了多少次大好机会。今天,他估计实现目标的希望最大,小汪从颤颤巍巍的梯子上下来,少不了要人搀扶一下的。可是,"姜马克思"又一次被拒于千里之外。

汪可逾是标语组人员中出勤率最高的。随着部队行军路线，辽阔的冀鲁平原不知多少面墙壁上，都留下了她的楷书手迹，堪称明丽灿烂的一道战地风景。旅政治部组织了一次表彰会，特地表扬汪可逾在宣传战线上取得的突出成果。会议就在标语组工作现场举行，由政治部主任亲自主持，宣传科科长宣读了表彰决定。

下面一项是颁发奖状奖品。奖状不必说，千篇一律，都是那么一张硬纸片。奖品是一条雪白的羊肚子毛巾，对外不会公开讲的，其实是姜科长掏自己津贴费买来的，科里并没有这一项开支。

司仪朗声宣布："请汪可逾同志上台领奖！"会场响起一片热烈的掌声。可是受奖人小汪坐在最后一排长板凳上直发笑，上边再三催促，她死活不去领奖。虽然那条羊肚子毛巾正是她特别需要的，写标语扎在右手腕上，石灰水就不至于流进袖口里去。

倒也说不上汪可逾如何反感，但她心里多少有些不舒服。给她的感觉这像是哄小孩子，没有一个表彰决定，没有一条羊肚子毛巾，难道我就不会好好干吗？

政治部主任考虑到，发奖仪式再这样勉强进行下去，很可能会闹得谁都不好下台。他向姜科长暗示一下，姜科长立即宣布："今天的会议到此圆满结束，散会！"

"姜马克思"始料未及，事情竟会突如其来发展到这一步，让他当着汪可逾的面，咕咚一下栽了一个大跟头，使他进一步陷入了绝望境地。他的好友——旅政治部主任拿他开涮："怕的什么？你有'二五八团'的条件拿在手上，为什么不可以主动发起攻势呢？不好

## 第六章
### 一道明丽灿烂的战地风景

当面去谈，不妨先递一封信过去，火力侦查一下，再做下一步部署。"

姜科长怎么胆敢如此张狂？他明明知道，"五号"与汪参谋之间，已经建立起超越同志关系的某种特定关系。比较之下，一个宣传科科长只能算是一匹土狼，旁边傲然伫立着无比威严而又捕猎能力极强的一头雄狮。他必须谨言慎行，不可贸然行动自取其辱。

政治部主任为他的这位挚友鼓气说："只有时间才可以说明一切。我相信，小汪终归会成为你的'燕妮'！"

# 第七章

# 军事指挥艺术是铁血之气的结晶

1

九旅每隔一段时间,要组织一次时事报告,称之为"大报告"。今天的大报告,主讲人是旅参谋长齐竞,题为《当面敌我态势抵近观察》。齐竞的演讲,受到大家的热切期待。都说,"五号"的时事报告是一场豪雨,真解渴!

齐竞从来不带讲话稿的,张口就来,有冷静客观的战局分析,又具有一定军事理论色彩;有主观热情的高度发挥,又不乏幽默与生动有趣,如一篇篇鼓动性极强的战斗檄文。

那些老总,做大报告不受欢迎,倒也并不感觉太丢面子。现成的一个借口,齐竞留学东洋,专门学过怎样演讲,练习过各种手势动作,咱们这些"土耳其",土得掉渣,哪能比得了!

野战军共有四位留学日本的,一位担任总部宣传部部长,两位是纵队宣传部部长,第四位便是齐竞了。父亲卖掉了一处老宅子,送他就读日本帝国大学艺术系,主修莎士比亚,兼学油画、人体艺术摄影。中国"左翼作家联盟"东京支盟创办了文艺杂志《东流》,推出具有进步思想的小说、散文,齐竞便是经常撰稿人之一。

"卢沟桥事变"爆发,他愤然回国,辗转到达太行区八路军前方总部。本来要他去总部实验剧团任艺术指导,可他坚决不干。又分派他到敌军工作部,还是一再推却。一门心思要干军事,来个硬碰

## 第七章
### 军事指挥艺术是铁血之气的结晶

硬，没有金刚钻，偏要揽下这个瓷器活儿。

同属"三八式"（一九三八年入伍）群体，齐竞不同于一般工农干部。就年龄而论，他已经来不及按部就班，从排、连长起一级一级上去，个人成长发展必须另辟蹊径，加倍努力。军事指挥艺术是铁血之气的结晶，是叮叮咣咣打出来的。你只能最大限度地积累实战经验，变自己的劣势为优长，否则休想挤进优秀军事指挥员行列。

每当激战前夕，要开会议定谁上去，谁做"留守"，不能把正副职几个干部全都拿上去，防止被"一锅端"，部队失去指挥。齐竞总是能找到最过硬的理由，一次一次把"上去"的名额争到手。如此日复一日年复一年，他的实战经验比别人长出了一大块来。一个留洋学艺术的人，居然能够将众多同级指挥员远远抛在了后面，并且至今齐竞又不曾有一次挂花，连一点轻伤都没有落下。你不服气行吗？

## 2

汪可逾坐在第一排，专心致志在听"五号"的大报告，时不时在小本本上记下一些重点词句，显得特别专心致志。她痴痴地观望着台上的报告人，毫不掩饰对这位年轻军事指挥员的仰慕之情，这无异于情不自禁地做了自我暴露。

报告结束，齐竞本想直接告知汪可逾，到他的住处来一下，有事和她谈，但他没有张这个口。首长约谈女同志，直接喊了去不合适，须由通信员先行通知，显得更正式、更光明正大。回到住处，才吩咐曹水儿,去喊汪参谋来一下。

"五号"首长大可不必如此煞有介事,你把人家提溜来谈的什么话? 无非是想知道,小汪听了他的这一篇《当面敌我态势抵近观察》,受到怎样的震撼与感动,一些有声有色的段落与词句,是否引起了她的充分注意,他做报告的这种腔调,还有他的各种手势,是不是得到小汪的完全赞赏。

汪可逾外出写标语去了,等了好大一阵才来:"对不起,来晚了。首长找我有事吗?"

齐竞吹去了板凳上的灰尘:"小汪,坐坐坐! 听我的时事报告直感如何? 不至于太乏味吧? 我心里很没有底。"

汪参谋不作答,先自背诵起了"五号"报告中的几个自然段:"这已经不是机密,野战军即将以主力三个纵队强渡黄河,而后是千里跃进,直出大别山。并非自吹自擂,正是我们野战军,牵引着全国由战略防御转入战略进攻的风头。同志哥,了不得啊!

"我知道,大家会有些犯嘀咕,可能吗? 延安还在人家手里,兵员数量、武器装备人家高出一头。可是,要等到整体力量超过敌人才转入进攻,黄花菜都凉了。须下决心不要后方,给他来一个釜底抽薪,十数万大军突然出现在武汉与南京之间,把战争消耗的灯捻子,插到对方肚脐眼上去燃烧。倒要看蒋委员长是不是还照样悠闲自得,每天煮一只仔鸡,只是喝汤,肉全扔了不要。

"同志哥! 你把耳朵贴着大地仔细去听,随着中国人民解放军千里跃进的脚步,已经听到了天下此兴彼落的历史足音! 我们每一个

# 第七章
## 军事指挥艺术是铁血之气的结晶

指战员，包括我在内，都要凭心问一问自己，釜底抽薪，你怕不怕烫手？你怕不怕在一千度两千度的白热化斗争中，来考验自己来锻造自己？"

齐竞鼓掌说："谢谢小汪！难为你背得出好长的几大段。"

曹水儿插嘴说："不光是背得出，汪参谋全都写到墙上去了。"

"是吗？这么快呀，哪里是写标语，简直是发电报！"

"首长要不要去检查一下，看有什么错。"小汪热情邀请。

## 3

汪参谋设想，不再笨拙拙地去刷大字标语，而是缩小字体，增加字数，可以容纳各方面的现实内容，且具有一定知识性、生动性，让老乡们有兴趣驻足下来，逐字逐句读完。

改写小字，难题是毛笔墨汁根本买不来。汪参谋小时候听父亲讲过，有的画家为了省钱，自制炭笔，用来画素描。小汪如法炮制，筷子粗细的柳条刮去了皮，折成粉笔那么长一截一截的，装进洋铁皮小桶里，严密加封，只在盖子上戳一个小洞，厚厚糊上一层黄泥巴。然后架起火去烧，直到封盖上那个小洞洞不再冒烟出来，便大功告成！取出两支炭笔棒互敲一下，发出当当的金属声音。只管拿去用好了，和买来的高级炭笔差不到哪里去。

炭笔棒在粗粗拉拉的砖墙上写不成字的。汪参谋和两个小战士下河滩挖沙子，按比例加入石灰粉，搅和好了，在砖墙上厚厚泥上一层，平滑光洁，才好挥笔施展。待墙面基本干燥了，刷一道大白，效果更佳。

从此，汪可逾告别了原有那种横写的大字标语形式，仍旧沿用传统的竖行书写。这让老乡们大开眼界，从没见过有谁别出心裁，来写这样的小字标语。

这是村人们日常聚集闲话的一个去处，汪可逾在邻近的三面砖墙上，分别泥出了一块斗方形、一块长方形、一块椭圆形。写什么呢？恰好今天"五号"首长做了时事报告，小汪灵机一动，就在报告中选出三个自然段，各一百余字，分别抄写在三面墙壁上，统一落款"七九三二一六部队（番号）政宣"。

不等汪参谋写完最后一个字，梯子下面男女老幼地聚集了一大片围观者，有人开始向她提出问题。小汪明白，不可单就"战略"及"战争主动权"这类名词做出解释，越解释老乡们越加头脑发涨。她尽可能使用通俗语言，加以概括性讲解，大家连连点头，表示完全领悟。

汪可逾倍受鼓舞，一项枯燥乏味的工作，变得有枝有叶葱郁一片，执笔的人和围观者有问有答，彼此相通心心相印，而不是冷冰冰地只管在写，你不理会我，我也不理会你。

4

齐竞走向那几面墙壁，一时令他观念上发生了颠覆性变化。这

## 第七章
### 军事指挥艺术是铁血之气的结晶

哪里是九旅宣传科工作组在写标语，活活是正在举办一个硬笔书法作品展览会。

一般人的书法，一个字一个字单独看尚可，让他写一幅字，死板堆砌，看不得了。汪可逾毕竟是经名家教授过的，讲究整体布局，字与字、行与行之间，排列组合彼此呼应。不是撑得满满的，适当留出了一些空白，显得全篇文字生动活泼、意境悠远。同时又注意每一个单字的形状点画，以及上下几个字的协调关系。小汪的三部长卷，找不出破坏整体风格的一处败笔、一个呆字。

更为难得的是，全篇书写连贯，一气呵成。不难想见，因为小汪对书写的思想内容谙熟于心，足以快速走笔，信腕而行，不做作不修饰，始终保持着高昂的势头。凑巧的是，她工柳体，点画匀衡瘦硬，爽利挺秀，骨力遒劲，特别适合使用炭棒在墙壁上挥洒春秋。"笔劲洞达美而韵，书贵瘦硬方通神"，充分表现出了汉字线条的自然美。

"五号"逐一观赏了三面灰墙，实际是他出的底稿，由汪可逾抄录上去，两人通力合作，成就了这样一次盛举，颇有些莲开并蒂双骏并行的意思，他内心甚感满足。但齐竟自知，他尚未取得这个资格，可以就此做出公开表示，只是赞扬汪参谋说："小汪！你是专业水平，我不敢多嘴多舌。如果一定要我从书法角度做出一个评价，我还真是有得可说。不过，我更加看重的是，你把刷大标语一变而为对于中国方块字的美学追求，同时也把宣传教化作用大大延伸了。你写的不再是那些空洞口号，而是战地生活所见所闻，取之不尽，用之不竭，太好了！"

"得了得了！各级领导都是表扬为主批评为辅，现在我最需要的是洗一个澡！"

5

汪可逾的一大毛病，不吃饭不喝水可以，不洗澡不行。

烽火连天，谁有这么大能耐，保证一位女同志洗浴的要求？她不可能得到大家的友好支持，只能招来一片讥讽叫骂声。小汪当兵当得好，落脚在九旅司令部，她的这一大难题迎刃而解，一点也不用烦心。

"五号"首长一年到头要冲凉水澡，十冬腊月也如此。洗浴完毕，把全身搓红了，将桶里的水哗啦一下从头顶浇下来。每当驻军下来，警卫员便就着院墙角落，用芦席围成一个半圆形席棚，找几块石板垫在地上，脚不沾泥巴，也可以站在上面脱换衣服。

司令部机关的女同志，常常三五结伴而来，借用"五号"的席棚洗澡。一拨儿提来了水先洗着，另一拨儿人站哨，然后倒换过来。

弄得不好，很可能会给首长带来负面舆论。齐竞采取了一项有力措施，凡是女同志来洗澡，他肯定要带着警卫员躲得远远的，直到她们唱着歌散去了，才回到住处。

今天只有汪参谋一人，约不到别的女同志，一个人她也要洗。齐竞躲出去了，交代骑兵通信员曹水儿盯着，什么人也不让进到院

## 第七章
### 军事指挥艺术是铁血之气的结晶

子里来。

汪可逾已经脱光衣服，一瓢水一瓢水舀着在冲凉，这才想起把毛巾忘在外面了，远远喊叫骑兵通信员："曹水儿，麻烦你帮我把毛巾拿过来！"

曹水儿个子高，从席棚上方，便可以俯视里面一切的一切。他像是行进在堑壕里，为了躲避敌人阵地上射来的子弹，不得不低低弯下腰接近席棚。随即一语不发，伸手将毛巾搭在席棚上，转身离开老远了，才高声通知对方："汪参谋！你的毛巾，看到没有？"

汪参谋淋浴结束出来了，她问："曹水儿，首长到哪儿去了？"

曹水儿看出了，汪参谋心里有些焦急，不知是什么事，他主动说："我去找首长回来。"

"五号"很快回来了，看见汪可逾侧身站在那里，略略弯腰，水淋淋的一头长发垂下来，手指交叉将长发打散，以便晾干。齐竞嗅到了女人出浴后散发出的身体气息，他止步下来，与对方保持着一个合理的距离。

汪可逾直截了当发问："首长，返回邯郸的人员名单里，真的是有我吗？"

通知下来了，部队即将转入外线作战，重伤重病的、喂奶的女同志以及孕妇等等，要统一造册报上去，就不过黄河了。据说，司令部汪参谋生理条件受限制太严重，已经被列入返回后方的大名单。

齐竞立时严肃起来："你听谁讲的？"

"没有听到谁讲，我自己想的。"汪参谋隐瞒了消息来源。

"五号"断然否认:"没有的事!谁列入不列入名单,我还不知道吗!生理缺陷,并没有做硬性规定,要看具体情况。你在太行中学锻炼四年多,又参加过最残酷的五月'大扫荡',不存在离开九旅的问题,除非你自己提出要求。"

"这是首长个人的看法,还是党委会上的意见?"

"汪参谋!你要我给你赌咒发誓吗?"

小汪笑了,眼眶里滚动着泪花。

第八章

一名女八路
一只灰鸽
一簇蒲公英

# 1

野战军结束整训,从安阳地区出发,以五天时间连续强行军,向黄河一线运动,准备南渡,发起鲁西南战役。

午夜时分,九旅终于宿营了。一路狂风暴雨,连背包最里层都浸透了水,再没有一件干衣服可换。战士们脱了个溜光,围成一个个圆圈,烧起玉米秆集体在烤衣服,火焰升腾照亮天空,场面十分壮观。女同志可就倒霉了,只能以自己的体温焐干军服。

汪可逾有一块军用雨布,本可以把几件小衣服包裹起来,雨停了可以换穿一下。可是雨布包了古琴,只好任凭大雨浇了一个透。她被彻底累垮了,什么也顾不了啦,在一家门洞里支起门板,光着身子睡下了。管他呐,先舒舒服服睡个好觉,听到了起床号,再把衣服穿上也不晚。不想一觉睡过了头,天大亮了。

哎哟!这个玩笑开大了。

不难想象,如果有哪一位老兄起得早,看见一个女人赤身裸体睡在门洞里,还不吓坏了!先是蹑手蹑脚通过门洞旁边,随即加快步子脱离这个是非之地。心里直祷告,千万不要再撞上第二个人,对方一口咬定你在偷看女人,那可就跳进黄河洗不清了。

我们假设的这一位出现了,不是别人,正是"五号"首长。

参谋长齐竞总是全旅起床最早的一个。他倒背双手站立在操场

## 第八章
一名女八路　一只灰鸽　一簇蒲公英

正中，查出了哪位处长科长没有到场，当即把人找了来。一般情况，迟到者喊一声"报告"，带操的首长便会回应："入列！"齐竞全当没听见，迟到的人立正"晾"在那里，直至早操结束。从此，再没有谁胆敢无故误操。

今早，"五号"把带操的事情抛到九霄云外去了。他远远望见，两棵小树之间扯起背包带，晾晒着女人的内衣以及短袜什么的。恰如从瞭望塔远远发现了海平线高耸的桅杆，齐竞凭直觉断定，一艘壮观美丽的"航船"就会出现了。相距很近，他认出了，是女文化教员赤身裸体睡在门洞里一块门板上。

跟随在首长背后的曹水儿，也发现有情况，随即提醒说："首长等一下！等一下！"他即刻止步下来，令他大为吃惊的是，"五号"还在继续朝前去。

事情过后，齐竞自己也大为惊奇，当时怎么竟会那样过分冲动。仿佛多年前在东京投入人体摄影实习，整个意识都变得模糊不清，只想着，"一定要抢拍下来，一定要抢拍下来！"他从挎包里取出了他那架战利品破旧相机"罗来可德"，顺手打开了镜头盖。

女模特仰卧在门板上，两臂交叉，似在掩护着丰满的胸部。明显是大雨中浸泡时间太久，全身肌肤变得雪白雪白，如同一尊抛光的一比一汉白玉人体雕塑，陈列在这家农舍门洞里。晨曦辉映下，那样丰腴润泽。从镜头所在方向，正可观察到她两腿蜷曲，不啻于一部翻开来的《辞海》，查阅任何一个词条，都可以提供给你最权威最确切最翔实的诠释。

全世界男士们均无例外，观赏女性裸照或人体绘画，难保有谁不会投以"望梅止渴"的目光。这实在是人类最具有普遍性，也是最不易走出的一个误区。难为参谋长齐竞做到了心无旁骛，保持着亚当尝到禁果之前那样的清纯无邪。

人体艺术，是他隐秘在心底的一个醉洋洋的梦，早已幻灭殆尽，不想竟在顷刻之间成为现实。齐竞显得那样英勇果敢，以致预感值得他此生引以为自豪的绝唱之作，已经十拿九稳了。

## 2

忽然传来一个女人的声音："你好！"

这嗓音这语调他太熟悉了，既然已经躲避不及，只能和对方打个招呼。他自觉不自觉地藏掖了相机，硬着头皮近前去。原来小汪是在睡梦中，向什么人发出一声友好的问候。

齐竞放大了胆，咔嚓咔嚓连连按下了快门。他正在调整焦距，从取景框里看到，拍摄对象睁大了眼睛，正默默注视着他的一举一动。"五号"来不及收起单腿跪地那个别别扭扭的拍照姿势，一下被"定格"在那里。

"首长，洗印出来，不要忘了送照片给我。"

作为拍摄对象，汪可逾即时提出了她的合理要求。在齐竞听来，哪里是要照片，分明是以讥讽的语言向他兴师问罪。他一时不好作答，背转身去，不看汪可逾，支支吾吾说："小汪同志，对不起！你

## 第八章

一名女八路　一只灰鸽　一簇蒲公英

先穿好衣服再讲。"

汪可逾取下晾在背包带上的衣服，坐在门板上，一样一样穿戴起来。里面的小衣服稍好一点，军服半干半湿，穿在身上难受得要命。"五号"的军服是警卫员连夜烘干的，他本想把上衣脱给小汪，可怎么能穿着衬衣去带操呢？

"首长！洗印出来，别忘了送照片给我。"小汪提出了她的合理要求。

"五号"很清楚，事情弄到了这一步，任凭你赌咒发誓，说到天上去都没有用。只有当场把胶卷取出来，原封不动交给对方，才有望求得宽恕。他以平平常常的语气回答说："小汪！这是一个例外，一个偶然机会拍下来的。我不可能不征得你的同意，私自洗印下来。现在就当面把底片交给你，所有权是你的，我只不过完成了拍摄。"

他连忙打开相机后盖，这才知道，机子里根本没装胶卷，刚才他兴致勃勃抢拍下的每一个镜头，全部成了无效劳动。此时此刻，他的这一个低级错误反倒成了一根救命稻草，他就差没有高声欢呼了！他以两军阵前缴械投降的正规姿势，双手把他的"罗来可德"举过头顶，亮出空空的机箱给对方看。

"汪参谋，我机子里根本没装胶卷。你看，你看！"

战争期间胶卷奇缺。有谁求齐竞给照张相，他不好意思当即拒绝，端起"罗来可德"咔嚓一下，好了！等洗印出来拿给你。过后问他，我的相片呢？哎哟一声，对不起，曝光啦！

"哦！我明白，又曝光啦！"小汪咯咯咯咯笑个不停。

## 3

看到汪参谋发笑不止的样子,"五号"首长忽的一下意识到,门洞里出现一名胆大妄为的偷猎者,汪参谋却全然不曾在意,原来这事她压根儿就没有放在心里。齐竞心里一块石头扑通一声落地了!

十八岁的军人女模特,于纯自然状态下,奉献出了她的一个不拘一格的姿态。无论你在怎样的距离拍照,也无论取的是什么角度,均无不可。无论你投以怎样高贵的目光欣赏艺术人体,也不可能为她增添一分美感;无论你以怎样下流的眼神从取景框里窥视,也不可能有丝毫污秽沾染晶莹纯净的汉白玉雕像。

齐竞心血来潮,要玩一次人体摄影,未能成像不讲,一场狼狈不堪,禁不住心突突地跳。哪里想得到,女文化教员反而作为一个轻松愉快的话题,与自己顶头上司友好地交谈起来:"我发现,部队记者们常常要抢镜头,抓拍一些所谓'战地即景',悄悄在积累自己的摄影作品。'五号'要惦记着装胶卷,遇上什么有用的题材,不至于给耽误过去。"

"就说得是嘛!小汪你想,我自拟一个标题:《暴风雨中强行军三十个小时之后——战地即景之一》,拿到欧美一家摄影刊物上发表,结果会如何?不客气地说,最有名望的人体摄影大师们惊叹之余,都会把他们那些价值连城的作品付之一炬。"

"那倒也是!"小汪完全认可这位军中人体摄影艺术家。

"西方人看待人体摄影专业无比纯洁与神圣,说什么'要求女人

## 第八章
### 一名女八路 一只灰鸽 一簇蒲公英

裸露无遗,是为了使她们成为不朽'。他们无非是把活生生的人,从社会生活中剥离开来,更采用灯光布景等艺术手段,突显出女性身体曲线及某个特定部位。说他们贫瘠苍白毫无生气,也算是高抬他们了。"

"等打完了仗再看,'五号'一定会拍出最佳的人体艺术照!"

"不不不!我从此不再拍人体,我的机箱里存有一幅最佳人体形象,熟睡中的一位漂亮女八路,我会原本原样永远保存着。"

"首长总是哄我高兴!"

传来起床号声,司号员尽可能把号音吹得悠扬辽远,免得雨后无法安睡的指战员和老乡们一惊一乍的。

"五号"说:"好了,我们该出操去了!"

"我还没有上好门板,这是一扇枣木门板,死沉死沉的。"

"交给我好了,不能让你违反三大纪律八项注意。"骑兵通信员曹水儿一力承担。远远看见汪参谋穿好了衣服,他便近前来了。上好了门板,他和"五号"、汪参谋一同跑步向操场赶去。

这家门洞内外一时变得静悄悄的。屋檐下一只灰鸽,才大胆站在窝边,挓挲着翅膀,抖落掉残留的雨水,使全身羽毛从内到外干燥过来。如同女八路汪可逾一样的,只不过小汪抖落掉了"羽毛"上浸泡的雨水,还需要好长时间把衣服晾晾干。

门墩旁边生长着好大一簇蒲公英。不妨说,这种菊科草本植物,也在重复着小汪暴风雨后打理自己的一系列动作,沥干了茎叶上的雨水,渐渐挺立起来,舌条状的花瓣儿悄悄在张开,浮现出一抹淡黄色。只待日照一段时间,白色冠毛结成一个个小绒球儿,有哪个孩子吹一口气,绒毛便会飘飘然飞向高空。

　　一名女八路、一只灰鸽、一簇蒲公英,生息与共,感受一同。大家一起经历了一场暴风雨的洗礼,一起迎来冀鲁大平原又一个空气清新的早晨。

# 第九章
# 我听到了此兴彼落的历史足音

1

不知是哪一位，目击了齐竞在抓拍"战地即景"，当即跑去报告了"二号"首长——旅政治委员。老政委并未做任何表示，只是黑着脸警告告密者："事情到你这儿打住，绝不能再告诉第二个人。嘀嘀咕咕小广播，可别怪我军阀主义不饶人！"

独立第九旅旅长刚刚调离岗位，已经走人了，处理齐竞事件自然就完全压到政委身上了。眼下，野战军即将强渡黄河，千里跃进大别山，忽然一个命令，一把手被调走了。为什么？大家口中不言，都在暗自猜测。

不！不是猜测，而是百分之百准确预测，九旅头一把交椅，在大战前夕出现空缺，显然是特地要留给参谋长齐竞的。正在这个紧要关头，不想他"玩"了这么一手，无聊透顶，就此足以葬送一名优秀军事指挥员无限的光明前景。

"二号"接到告发，气得眼睛不是眼睛鼻子不是鼻子。待他了解了全部事实经过，急切之间态度上来了一个一百八十度大转弯。他拍了拍齐竞的肩膀头说："齐竞啊齐竞！谁叫我和你一个行军锅里抡马勺这么多年，这个屁股我不给你擦，谁给你擦！"

"二号"分别征求各委员的意见，统一认识，集体负责。如果争取到了大多数人同意，那便无须上报，"一风吹"了，屁事儿没有。

# 第九章
## 我听到了此兴彼落的历史足音

他抓紧时间先后找副政委、政治部主任、后勤处处长谈过话。只剩下了"三号"——副旅长，是难以攻克的最后一个堡垒。"三号"先讲了一大堆恭维齐竞的话："一起工作多年，他犯错误，我感情上平静得了吗？在全野战军，只有他这位知识分子出身的军事指挥员是牛的，从基层连营长至旅参谋长，从来不曾受命担任过副职，一路跳跃式前进，捷足先登，高歌猛进。"

从这一番毫不吝惜的赞扬中，政委听到的是另一套潜台词：你不是牛皮哄哄自以为老子天下第一吗？你不是满口哲学名词擅长发表演讲吗？你不是洋洋得意从不屑干副职吗？现在又怎么样？声名扫地，一撸到底，你完蛋了！

政委提醒说："我们部队荣获'夜老虎团'称号，当然是全体指战员浴血奋战挣来的。可是谁都清楚，这一份荣誉，处处烙有齐竞的手模足印。"

副旅长隐忍不下去了："政委！随你怎么巧言辩解，无法否认，这是一起恶性事件。为今之计，只能是尽快上报，延误下去，你我怕都脱不了爪爪。"

政委赔笑说："野战军前指已经发布了渡河作战的基本命令，最迟六月三十日以前，部队就要强渡黄河了，随后是跃进大别山区。眼下正是用人的时候，九旅不能没有齐竞！"

"奇谈怪论！要打大仗了，绝对不能带着这么严重的恶性事件上前线。我不明白，一个道德败坏的人，吹嘘他如何独一无二、不可取代，党纪何存？军法何在？"

"我们客观地看,还是修养不够,属于小节问题。"

"什么生活小节,弄不好怕就是一大截。"

政委怒不可遏:"你用这样下流恶毒的语言,来攻击和你朝夕相处、生死与共的一位战友。可见你并不是出于维护纪律,而是发泄个人的情绪,未免有些太不正常了吧!"

"这就邪了门啦,好像我们不是在谈齐竟,而是在谈我的问题。我的错误在哪里,请你指出来!"

"其他的党委成员,没有哪一位像你这样绝对化的,你的意见夹杂了过多的个人成分。"政委强压火气说。

"你真的认为我完全是出于嫉妒心理吗?"

"你真的以为别人看不出你居心何在吗?"

副旅长拍桌子了:"你就差一句现成话,还没有骂出来——好狗不挡道!"

"这可是出自你本人之口,要由着我说,怕就难听多啦!"

副旅长一副阴沉沉的笑脸:"政委!不开玩笑,在这个问题上,我完全可以把你扳倒,你信不信?"

"我信,递一封揭发信上去,你就可以坐等好消息了。"

"那就看你的了,不要把我逼到这一步。"

"你只管告去,我心安理得,于心无愧!"

"心安理得于心无愧的是我,我阻止了你犯错误。"

"可是,你的大名从此只能变得更臭,臭不可闻也!"

副旅长气呼呼地背过脸去,再不作声了。

## 第九章
### 我听到了此兴彼落的历史足音

"好吧！你可以保留意见，我不勉强。不过要委屈你一下，当面做出保证，不向任何人透露这件事。"

副旅长嘟嘟囔囔地说："我保证还不行吗？"

政委逼视着对方："请你复述一遍。"

副旅长大吼："保证保证保证！"

## 2

常常会有这样的情况，已经宣布开会了，老政委少不了又会用他一口纯正的陕西话说："请稍等一下，俄（我）得去给咱尿口尿去！"

这里，他的遣词用句不仅别具一格，而且含义丰富。这位善于和稀泥的超级"和事佬"，竟"和"到了此种炉火纯青的地步。连小便也并非为了个人，而是给"咱"尿口尿去，属于大家共同需要。

由于处置参谋长齐竞拍照事件，下边对"二号"首长的固有印象彻底被颠覆了。都说老政委慈眉善目，一向扮演着"灶王爷"的角色，"上天言好事，回宫降吉祥。"不对了！不是那么一回事，原来老爷子是一位十足的铁腕人物咧！根本不可能办下来的事情，干巴利落脆，硬是戗着茬儿给办下来了。

正是在当天夜间，九旅党委扩大会在一个农家小院里召开。事先不曾透露出任何一点信息，但大家猜了个八九不离十。果然是的，由"二号"首长宣读一项命令，任命齐竞为野战军独立第九旅旅长，即日到任，此令！

"即日到任"，这就意味着，从今天起，部队内部行文或是公开的新闻报道，均可将独立第九旅简称为"齐旅"。这是中国古代兵家传统做法，三国名将赵子龙所部营帐高悬一面锦旗，上面绣着斗大一个字——赵！

会场一片哑然肃静，地上掉一根针都听得见。事前虽有所闻，现在终于水落石出。大家纷纷与齐竞握手祝贺，谁知他浑身软瘫，试了几次竟未能站起身。如此大模大样坐在那里，像什么话，他连连声明说："对不起！对不起！我这腿不知怎么出了问题。"

他的腿没有任何问题，实则双膝微微颤动，一时丧失了支配自己肢体的能力。新任独立第九旅一把手，正在经历着某种极为奇特的感受。类似于一条鱼，已经被去除了内脏鱼鳃，加入食盐，放进瓷坛内，完成了全部腌制过程。万万想不到，竟又被放回大海，只见鱼尾摆动几下，游向碧蓝碧蓝的海洋深处。

3

同时，党委决定司令部机关文化教员汪可逾调动工作，去邯郸干部子弟学校任教，即日赴任。

下边议论纷纷，一种意见是维护组织决定，不必去说。另一种看法，也是多数人认为，汪可逾应当理直气壮讨回公道。拍照事件有两方面的当事人，分清是非，该处理哪一方就处理哪一方。既然

## 第九章
### 我听到了此兴彼落的历史足音

事出有因查无实据,凭什么一个小参谋就必须被调离呢?

组织处处长找汪参谋谈的话,关于拍照的事情一字未提,只说部队即将千里跃进大别山,实行外线作战,你的生理条件受限制太严重,不适合随大部队行动,组织上不能不从现实考虑,做了这样的安排。新的岗位上,才真正是你的用武之地。

汪可逾再三表示,她随部队行动毫无问题。组织处处长则是再三强调,个人政治热情是一回事,给部队带来拖累,事与愿违,对谁都不好。话越说越不留情面了。汪参谋不得不搬出了齐竞:"我的工作问题,和'五号'谈好了的……"

"你指的是'一号'吧?"组织处处长纠正她说。

齐竞不再是九旅参谋长,跳过四、三、二号,成为"一号"首长了,汪可逾头脑迟钝,一时来不及跟上趟,她歉意地一笑:"是的是的!我还没有来得及向'一号'表示祝贺呢!"

组织处处长本想直截了当告诉她,旅党委会上一致同意,决定你的调动,"一号"也是在场的。一听这个话,汪可逾自然也就死了心,不再去纠缠"一号"。可是,如实披露党委内部决定,这是组织原则所不允许的,因此话到口边又保留了,他只是说:"汪参谋!你不必再去找'一号',不要让首长左右为难了,党委已经定下来的事情,就算他有不同看法,也得遵照执行,不能以自己的意见为准吵!"

汪可逾疑惑不解:"为什么会是这样呢?刚来到队里,我对自己身体条件倒是有所顾虑。首长鼓励我说,你在太行中学锻炼几年了,又参加过五月反'扫荡',没有任何困难。几天以前,首长又讲了这话。好好的,怎么平白无故提出了这个问题呢?"

"现在不是征求你个人意见,是个人应该服从组织决定!"

汪可逾终于低头了:"当然,我服从! 不过我总还是要见首长一面,什么话都不讲,只是道别一下。"

"首长昨天晚上下部队去了,你去也是扑一个空。"

4

回邯郸去的全体人员集合上路了,伤病员及孕妇,因为各种情况跟不上队走不了路的,分乘两辆马车,被送到指定地点集中。

汪可逾背着她的古琴,走在队伍最后,她时不时回头观望一下,她明明知道,各单位工作日程都很紧张,不会有什么人来送行的。忽然,大洋马"滩枣"向这边奔驰而来,队伍立即向两边分开,为它让开了路。"滩枣"急停下来,随即掉转头伫立不动,拦截了队伍的去路。

大家面面相觑,不知道发生了什么事情,只有汪可逾明白,这匹老军马是来追赶她的。"滩枣"在汪参谋面前温顺地低下头来,小汪泪盈盈地搂抱住马脖颈,亲热了许久,待她背起古琴要走,"滩枣"伸出脖颈,左边拦一下,右边挡一下,死活不放她过去。小汪被深深感动,她简直受不了啦,当着那么多人,双手掩面哭泣不止。

这时,骑兵通信员曹水儿跑了过来。显然,面前的这一出好戏,

# 第九章
## 我听到了此兴彼落的历史足音

正是他一手导演出来的。

汪可逾擦抹着眼泪说:"曹水儿你来得好,快把'滩枣'带走,它挡着我的路,大家也都只好等在这里。"

曹水儿嬉笑着说:"这老军马不吭不哈,可它心里有数,知道你并不想回邯郸去,那就留下来呗!"

汪参谋连忙声明:"那怎么行!我和组织处处长讲好了的,又不作数,出尔反尔。"

曹水儿进一步做她的工作:"由我替你打前站,先跟'一号'谈谈,该找谁再找谁,没有通不过的。再者说啦,你都跟随部队抵达黄河北岸了,不过河去,下辈子想起来都会觉得太遗憾。"

看得出小汪内心斗争很激烈,沉吟许久,不能决断。曹水儿不再费口舌,把汪参谋的行李搭在马鞍上,替她抱着古琴,牵着马缰自管大步流星地往回走。汪可逾起先还在迟疑着,随即跑步跟上来了。

## 5

新官上任三把火,齐竞接受任命,连夜就下部队去了,四个团级单位都要走一走。自然,他绝对不会向任何人承认,也还有另外一层意思,他赶着出发,便可以躲过汪可逾来向他道别,也避免了前去为小汪送行。门洞里的所谓"恶性事件"是他引发的,最终却由小汪来承担由此带来的后果——她不得不离开九旅。齐竞深觉他个人是那样猥猥琐琐有失坦荡,怎么好觍着一张老脸与小汪见面呢?

骑兵通信员曹水儿带小汪来见"一号",希望首长能替她说说话。这其实正是齐竞求之不得的,给了他一个机会,可以挽回似乎已经无可挽回的尴尬局面。他从屋内冲出,迎上前去,双手与汪可逾紧紧相握,不住地颤抖着:"小汪你回来了!太好了,太好了!"

汪参谋用力挣脱了他铁钳一般的双手,齐竞以为对方嫌弃他手心里汗唧唧的,不免自惭形秽,连声道歉说:"对不起!对不起!我这里有纸,要不要擦一下?"

小汪一笑:"我的手指喀喀巴巴响,受不了!"

连同待在一旁的曹水儿,一起大笑起来。

曹水儿见机行事:"首长!汪参谋不愿意回后方去,还是想留在我们九旅。"

汪可逾紧接上说:"我听到了此兴彼落的历史足音,无论如何,我应该跟上这个脚步才好,而不是等到多年以后,再来读别人的回忆录,行吗?不会让首长过于为难吧?"

从小汪目光中闪放出的那种单纯的热切与渴望,齐竞知道,她的要求并不掺杂什么与之相关的委屈不平,更听不出对他本人有任何抱怨情绪。"一号"顿觉心胸开朗,他大包大揽地说:"小小不言的,我来争取一下,应该问题不大。"

"多谢多谢!"汪参谋赶忙说。

天气很热,小汪一张脸红扑扑的,她解开风纪扣,用小手帕向脖颈处扇着风。齐竞借着和一个下属面对面谈话,大胆凝视着文化教员的领口。这种火焰一般的目光,无异于明码电报,小汪自是注

## 第九章
### 我听到了此兴彼落的历史足音

意到了。虽然这个北平女学生不曾有过任何花花草草的生活阅历,却也并不那么过于惊骇慌恐,只是不知道该怎样迎接挑战。她支支吾吾地说她有事,打定主意要逃离这个农家小院。可是退后了几步,不知为什么,她又停留了下来。

几乎就是在临街的院门口,我们九旅天字第一号首长明火执仗地捧起女文化教员小汪的脸,打劫去了一个炽热的吻。

汪可逾缓缓睁开了双眼,一副再也无法忍耐的样子:"每一次都需要耗费这么长的时间吗?"

第十章

你错误选择了
自己的出生年代

1

大部队就要过黄河了，晋冀鲁豫军区"后政"（后方政治部）组成一个慰问分团，前来九旅做巡回演出，意思很明白，欢送野战军将士出征远行。

慰问分团带来的剧目就是《血泪仇》，原作采用秦腔演出，他们根据地域特点，改唱河北梆子。那些年，华北各地演出最普遍的，要数延安鲁艺（鲁迅艺术学院）创作的歌剧《白毛女》。差不多与之齐名的，便只有大型戏剧《血泪仇》了。

全剧情节，是贫农王仁厚一家，在国民党统治区受尽反动政权和地主压榨迫害，不得不逃出河南老家。途中儿子被抓壮丁，儿媳受尽凌辱，用剪刀自杀惨死。主人公终于带着女儿及一个小孙孙狗娃，到达陕北老解放区，得见天日，过上了辛勤劳动的幸福生活。

扮演狗娃的小演员，今年十一岁，原名刘春壶。没有受过任何教育的一个农村孩子，纯属天赋，入戏自然真切，不见表演痕迹，一旦内心情感爆发，足以感天动地。妈妈自杀身亡，小狗娃仰面一声惨叫："娘啊——"导演先就老泪纵横，同台演员和乐手们一个个掩面哭泣，以致排练无法进行下去，间隔一段时间才重新开始。

剧团导演了无夸张地宣扬说："这样一个光芒四射的表演天才，

## 第十章
### 你错误选择了自己的出生年代

五十年至六十年才出一个。若不是连年战争，今后一个甲子，在中国戏剧舞台上，就看刘春壶了，不必担心有谁会赶超这个尚未断了尿床的孩子。"导演慨叹不已，对这个小童星说，"可惜你错误选择了自己的出生年代！"

这孩子一年三百六十五天尿床，一天也不空闲。说来可怜，他总是把自己的棉被隐藏起来，湿汲汲的，晚上照常拿来盖。于是顺理成章得了一个极为不雅的外号"小尿壶"。大家叫得那么亲切，他本人也总是乐呵呵地答应，反而变成了一个响亮的昵称。

几位女演员轮流带小春壶睡，按时喊他起来撒尿。今晚，司令部参谋汪可逾争着抢着要把这一项任务揽过来，女演员们看她那么热心，当然也就乐得让步了。小汪觉得这孩子失去亲人孤苦伶仃，必须有人伸出同情与抚爱之手。一直以来，她从不许人挨到自己的床单，现在她的"禁地"不得不开放了，小春壶睡里边，她睡外边。当然，她也采取了必要措施，靠里面半边垫了一块军用雨布。

夜间，汪参谋喊这孩子起来，怎么也喊不应，硬把他拉扯起来，他又倒下去睡着了。小汪用手电筒一照，吓得连声大叫。十一岁男子汉那颗小果果，如同一根旗杆直直地竖立在那里。似乎他随时准备接过前一棒运动员传给他的接力棒，有决心把下一棒跑得更加有声有色。小汪哪有这个思想准备，绕着床板团团转，束手无策。

"他憋尿了！"一个女演员近前一看，给出了明确结论。

## 2

到前方部队演出，剧团人员压缩到了最低限度，只来了主要演员和乐手。众多群众演员，只得靠就地解决。

被选中的临时演员，虽说不上出色地完成了角色，但总还过得去。而有的人无一句台词，跑个龙套罢了，洋相百出，难以收场。骑兵通信员曹水儿扮演一名被抓来的壮丁。警察抽了他一鞭子，他本该表现出忍气吞声的样子，却大吼一声："好小子！你真打呀？"

旅政治处负责伙食的事务长老王头儿，斗大的字认不到一石，倒是蛮有一点派头似的，所以选中他扮演根据地一位人民县长。王仁厚带着女儿及小狗娃，刚刚踏进解放区土地，当地县长就来看望他们一家人。老人扑通一声跪下说："不敢当，县长大人！县长大人！"

按照脚本，县长连忙扶起这位逃难老人："老人家不要这样，我们根据地人人平等，我姓李，以后就喊我老李好啦！"

事务长一上台犯糊涂了，扶起王仁厚说："老人家不要这样，我们根据地人人平等，我姓李，以后就喊我王头儿好啦！"

"我姓李"，念的是台词。接下来一句，便完全甩脱台词，据实报出了他本人的尊姓大名，来了一个"明修栈道，暗度陈仓"。不错，老事务长人称"王头儿"，炊事班的头儿。

舞台上所有的演职员，都笑得前仰后倒。令人不解的是，台下观众竟无一点意外反应，一切照常进行。这就是野台子演出的有利

# 第十章
## 你错误选择了自己的出生年代

之处,不像室内剧场拢音效果那么好,特别是遇上刮风天,不是每一句对话都能够准确传达给观众的。

尽管演出有一连串纰漏,但宣传效果从不会因此受到影响。解放军组成,一部分是翻身农民,一部分是同样苦大仇深的"解放"战士,与《血泪仇》主人公悲惨命运有着强烈的内心呼应。曾多次出现过这样的意外事件,观众中忽然有人举起枪,向剧中反面人物——国民党地方联保主任射出了复仇的子弹。

"联保主任"怒气冲冲地出现在台口:"是哪个臭小子? 看戏归看戏,怎么动了真家伙! 以后谁还敢来演坏蛋?"

为观看《血泪仇》,部队少不得要布置一番,子弹、手榴弹一律收缴上来。又再三交代,连长、排长随时要严密观察部队,看着谁忍不住冲动起来,即刻采取强制行动,两个人一左一右把他架出去。

多少俘虏兵补入部队,连国军的军帽都还没有来得及换,看完《白毛女》《血泪仇》,直接走上了战场。从拉开到关闭大幕的有限时间内,极大限度地提高了他们的思想觉悟,第二天见面,已经是一位战斗英雄了。

## 3

"后政"有电报指示慰问团"结束巡回演出尽快返回邯郸"。

这短短一语,让慰问团团长顿觉坐立不安,一个十分敏感、十分棘手的问题摆在他面前。

小演员刘春壶家庭成分是地主，当地贫农协会曾有正式信函，要求部队把人送回原籍。政治部回复说，他属于特型儿童演员，一时很难找到替换的人，待赴前方巡回演出结束后再行联系。今天来电倒是没有指名道姓要把刘春壶送回原籍，但已经催令剧团全体返回，包括这个孩子在内，难道还怕他跑了吗？

按政策条文，尚未成年，其名下是打不出成分来的，"地主狗崽子"这顶帽子，扣不到小春壶头上。所以剧团老团长有恃无恐，他对孩子父母承诺："你们一百个放心，这一台戏演完了，我负责把孩子给送回来，交到你们手上。"

老团长饰演剧中一号人物王仁厚，总不似先前那么入戏，很容易精神分散，简直无法顺利完成与小狗娃的对话对唱了。他总想着，这孩子早晚是会被要回去的，没有谁开得顶风船，可以拒不交人。可是，怎样才能帮助小春壶逃过这一"劫"呢？

老团长想到，慰问活动刚刚开始，如果能留下来继续演出，在九旅普遍巡回一过，那时部队肯定已经出现在黄河以南了。只要一过河，地方与军队之间所有遗留问题一笔勾销，谁也找不到谁了，小春壶也便得救了。

有人私下里对慰问团团长说，汪参谋在"一号"那里讲话，一向是很抵事的。建议他去找一下汪可逾，拜托她出面，转请首长致电"后政"，要求推延慰问团返回邯郸的期限至完成在九旅巡回演出的全部场次。只要复电并无异议，什么话都不必讲了！

老团长琢磨，汪可逾是文化教员，与参谋长齐竞并无工作职务

## 第十章
### 你错误选择了自己的出生年代

上的直接关系。又想，对于一位未婚的年轻女同志，这样唐突行事，怕先就缺欠了人格上应有的尊重，给人家一个大红脸。人家很可能反过来质问你："凭什么你们认定了，我最适合传话给'一号'首长？"

不想，汪参谋欣然同意，看不出这位未婚的年轻女同志有一点什么不悦。

### 4

小汪转达了慰问团团长的请求，"一号"热情地表示他完全赞同。并且称赞慰问团为一线部队服务不仅是挂在嘴上，而是拿出了具体行动。又说，这一台《血泪仇》，是战前动员最生动的好教材，是可以直接转化为战斗力的精神食粮。

汪可逾趁机引入正题："没错！就要烦劳首长大驾了。可不可以请首长向'后政'提出要求，希望慰问团稍稍顺延一下日程，保证九旅每一个干部战士都能看到这一出戏才好。"

"以我个人的名义发个报，请示是否可以推延一下演出时间，倒也并不超越组织原则。不过……"

"怕的就是首长这个'不过'。这么简单的一件事，也还是赶上了您的'不过'！"

"小汪，这里至少牵涉两个问题。按原定日程完成演出，很可能部队已经过黄河了。你知道，'前指'要求，对建制外渡河人员要严格控制。"

"过了黄河又怎么样，就不再需要文艺宣传，不再需要对部队进行思想动员了吗？"汪参谋理直气壮。

"另一个问题是，扮演狗娃的那个小演员，家乡追着让把人送回原籍，慰问团推延返回邯郸，不就等于直接涉及这个孩子的问题吗？小汪，你热心于帮助别人，这是你的一大优点。不过往往有些情况，不见得如你想象的那么单纯、那么平面。"

汪参谋一笑说："是的，认真讲我是受人利用了。不过我并没有丧失什么，我乐于如此，我喜欢这个孩子，否则我怎么会平白无故和他们取得配合呢？老团长有所保留，隐瞒了他的最终目的，没有把内情摆在明处来讲。这样倒也好，双方心照不宣。"

齐竞表示可以理解："是要承担政治后果的，他们不能不退一步，为自己想想。"

"首长这么讲，是不是欠公平？要说他们是为自己着想，不如讲是替我着想，不忍心让我陷进去更深。"

小汪随口讲出的这个话，显然对齐竞有所触动，等于指明了，你这位有代号的首长有多么狭隘。"一号"打量着汪参谋，许久再无言语，他需要重新整理一下自己的思绪。

汪参谋催促说："我可不可以回答他们，首长同意发一个报去，大家等着好消息就是了。"

"一号"苦笑着说："小汪，总得给我一点时间嘛！"

"那么首长什么时候答复我？"

## 第十章
### 你错误选择了自己的出生年代

"你知道,我手上的事情太多。"

"这件事刻不容缓,别的那些事不可以推一推吗?"

"至少,我要和政委交换一下意见。"

"你们什么时候才可以谈完呢?"

齐竞先是十分吃惊,随即仰面大笑:"小汪啊小汪!作为一名参谋人员,对我这个顶头上司讲话,不能像是在押送俘虏,想怎么吆喝就怎么吆喝我!"

"哎哟!这么说,我的语言方式大有问题,首长多多原谅!"

"不不不!我没有批评你的意思,一点也没有。你的这种语言方式,相当于古琴空弦音,是最本色的。好!很好!"

5

野战军主力抢渡黄河的三天之前,齐旅奉命先期秘密渡河,协同原在南岸的冀鲁豫军区独立第一、第二旅及地方武装,接应大部队渡河。

这下,汪参谋才恍然大悟,原来"一号"首长自有他的计算与安排,不便预先公开化就是了。他巧妙地利用了九旅提前渡河的这个时间差,推迟至大部队即将南渡前夕,才发出请示电。"后政"复电同意慰问团延后返回,当然更好;不同意,为时已晚,慰问团随九旅过河三天了。

船在北岸等待命令的时间太长太长了,小演员刘春壶倒头睡着了，呼呼地睡得很沉。忽然，他发出一声惨叫："娘啊！"在寂静的夜空传开去，显得特别刺耳，令人毛骨悚然。汪参谋捂住了他的嘴，怕他会连声呼喊。

不约而同，大家会意地笑了，睡梦中的小春壶又进入《血泪仇》剧情的高潮部分了，娘再也无法忍受欺凌污辱，用剪刀自杀身亡。唯有老团长从旁察觉到，这孩子的哭喊声凄厉恐怖，那样撕心裂肺，他历次演出中从未有过如此强烈的感情表达。不难想见，这孩子不像是在重复剧中情节，一定是在睡梦中看到了他的亲生母亲。

"你梦见什么啦？你梦见什么啦？"人们七嘴八舌在探问。

小春壶哽哽咽咽，始终不说出口，大家一再重复问他，老团长气愤地制止："你们这些猪脑子，这孩子的家庭情况你们很清楚，何必打破砂锅问到底！"

小春壶反而主动地回答说："我梦见我妈了，吊在一棵花椒树上。我倒是不相信她会死，那个树枝太细，经不住一个人的重量。"

夜暗之下，久久沉寂着，只听到剧团女同志极力隐忍的一片哭泣声。

传来了命令："准备上船！准备上船！"

原以为渡河一定会经过激烈战斗，船帮被击中怎样堵住漏洞，也都再三演练过的。不想平安无事，超不过二十分钟就靠岸了。踏上南岸，剧团老团长以及团里每一个人，都来向小春壶表示祝贺。汪参谋显得更为激动，她张开双臂热情拥抱了这个小演员。

刘春壶名正言顺成为一名解放军战士，不会被遣送回原籍了。

## 第十章
### 你错误选择了自己的出生年代

　　两个多月后，刘春壶作为区乡工作队一名队员，遭敌人突然袭击，光荣牺牲。剧团老团长深觉负疚不安，是他把这个天才小演员从父母身边带走的，并且保证亲自把孩子送回家去。老团长好不容易找到了小春壶唯一的一件遗物——他的臂章。一年一年过去了，直至中华人民共和国成立之初，才有机会把这件遗物送回到烈士老家去。

　　臂章上填写的有姓名、性别、年龄、民族、部别、职别、籍贯等，证明一名解放军战士的正式身份，其权威性莫过于此物。于是小春壶家门口理所当然挂起了"烈属光荣"的木牌。

　　老团长一直没有看到小春壶的母亲，他不敢问，还是小心地问起了。果然，正如这孩子在梦境中所看到的那种情景。儿子不相信他的亲娘老子会自缢身亡，他哪里知道，女人去意已决，花椒树自会成全了她。

# 第十一章

# 以晋冀鲁豫三千万人民的名义

1

齐旅渡过黄河，立即进入阵地，参加阻击由山东战场赶来驰援的国军四个整编师。

按照预定部署，由汪可逾带"后政"慰问团尽快赶赴前线，上阵地慰问部队。为保障演出，特别拨给了他们两驾马车。不知为什么，慰问团姗姗来迟，直到部队完成任务撤出阵地，他们才赶到。

路经一道小河渡口，水很浅，马车过去毫无问题。不想有十多具国民党军士兵的尸体，横陈在水面下，来不及清理走，马车不可避免要从尸体上轧过去。汪可逾当即跳下车辕，把两辆马车拦了下来。她决定不走这个渡口，改道从上游水面过河。

剧团的同志很不以为然。水面下又不是我们自己人，而是敌人的几具尸体。说不定他们中弹以前，曾开枪打死过我们解放军战士呢。一报还一报，马车轧过去，也不算是过于亏负了他们。

老团长也一再提醒说："汪参谋！走渡口保证车不会陷下去，换了别处过河，车捂进淤沙里，耽搁时间，问题可就大了去啦！"

汪可逾总是笑眯眯地不回话，她完全不在意大家怎样纷纷议论，坚决不走渡口！

不幸被老团长言中。大家卷起裤脚蹚水，两辆马车空车过河，结果还是陷进淤沙里动不得窝了。于是全体下水推车，吃奶的劲都使出来了，车子纹丝不动。只得用手一点一点挖开淤沙，显露出轮胎来，人们齐声喊着号子，好不容易才把马车推上岸去。

由于自身的原因，未能完成战地演出任务，作为一名部队文艺工作者，不说是奇耻大辱，却总是一个不光彩的记录，演员们都开始在擦抹眼泪了。

## 2

"一号"找汪可逾谈话，批评她说，"后政"慰问团是代表军区后方全体将士，也代表了晋冀鲁豫解放区三千万人民，来九旅慰问作战部队的。因为你一个人固执己见，把负有严肃政治任务的一场阵地慰问演出给搞黄了。首长当面告知，已经决定给予她警告处分，通报全旅。最后还特别加以说明："给予处分是我提议的，你感觉委屈，就冲我爆发好了。"

汪可逾平静地说："我有这个思想准备。给什么处分，是首长考虑的，我没有意见。更何况，'警告'是最低等级的一个处分。"

"更重要的是，从这里汲取教训。你不是一个学古琴的北平小姑娘，是九旅司令部一位连级参谋。一言一行，要与革命军人所具有的品格相符合。"

"是！首长以晋冀鲁豫解放区三千万人民的名义批评我，我从内心感到非常沉重，我接受这个教训。不过，我也不愿意隐瞒自己的真实思想，落实到行动上，怕还是需要有一个过程。"

齐竞气呼呼地说："我能体会你的感受，光着脚丫子蹚过去，脚底板麻麻扎扎的，一想就让人受不了。不过，你坐在马车上，至于那样恐怖吗？"

"不是恐怖，恐怖我可以承受。无论赤脚或是穿着鞋踩过去，无论马蹄踏过去或是马车轮子轧过去，我看不出有什么差别。我在现场，这个错误怕就是不可避免的。"

"也就是说，下次再遇到同样情况，你照样会选择另外一个地方过河，是吗？"

"我相信，不会再出现同样的情况了。"汪可逾支支吾吾。

谁也不再理谁，两人都很尴尬。

"首长，以后还可以分配工作给我吗？"小汪怯生生地探问。

"不好说了！"齐竞阴沉着脸子。

## 3

可见"一号"是吓唬小汪的。第二天一早，便由他亲自交代一项新任务，任命汪可逾为前方指挥部第四俘虏收容所主任，即刻到任投入工作。

一九四七年六月三十日夜，野战军以第一、二、三纵队为第一梯队，在强大炮火掩护下，从山东寿张县的张秋镇起，至濮县的临濮集之间共八个渡口起渡，在一百五十公里的正面，一举突破了国民党军的黄河防线。河面宽阔的地方，行船不超过十五分钟，狭窄处

# 第十一章
## 以晋冀鲁豫三千万人民的名义

仅五分钟便悄然登上南岸。

作为战略防御转战略进攻的序幕，鲁西南战役打响了！

仅一个星期，大批俘虏带下来了，前方指挥部统一抽调大量非战斗人员，投入收容看管工作。第四收容所以"后政"慰问团为骨干力量。而事实上，身强力壮的男同志到担架队去了，其余只有女同志、小同志，好在配备了一个警卫班。

## 4

被俘官兵们一般都藏有金银首饰之类，他们出生入死，长时间处于绝望情绪之中，这些贵重物品，便是坚信自己可以生存下来的唯一物质基础，常常为此而生出一些是非来。弄得不好，又往往会诬赖到管理人员头上，搅得大家都不得安宁。

汪可逾决定采取主动措施，进行一次贵重物品登记，大致摸清底数，出现问题也好做出处理。部队在一个打麦场上集合列队，前后左右行距三米，彼此可以做一个见证，却无法探知别人的财宝，登记是公开进行的，同时仍为个人保守了秘密。只是把你的东西登记在案，可以交给收容所代为保管，也可自行保管、自负其责。

汪参谋讲得多么明白、多么恳切，却还是难以打消俘虏们的疑虑。在他们看来，登记等于收缴。他们绝不肯坐以待毙，不等汪参谋训话完毕，已经开始采取行动了。暗自将金银首饰等放在脚下，脚后跟用力一拧，什么小物件全被陷进地下，然后顺势用鞋底轻轻踏平了。接着又装作没事人的样子，仰头遥望着四外。

女人的嗓音天生不适合喊口令，加之小汪从未练习过在队前发出口令，那种雄健高亢而又带有些古里古怪的腔调，不是什么人都可以拿捏得出的。仿佛是北平女孩们在过娃娃家似的，我们的汪参谋正式向队列发出了口令："前三列注意，立正！向前十步走！稍息！"

"后三列注意，立正！向后转！向前十步走！向后转！稍息！"

"'解放战士'兄弟们！我这样调动队伍，是想给你们实际演示一下。如果我有什么歹意，即刻可以派人来，就在你们的队列前面，像老乡们挖红薯挖土豆一样，肯定有一个好收成。你们只能眼巴巴地看着，无论挖出了什么，跟你们毫不相干，全都是这片土地里生长出来的，诸位谁又能说不是呢？"

队伍里喊喊喳喳一片慌乱，汪参谋尽可能威严地喊道："肃静！肃静！肃静！"

"向前十步走"的口令下达得太突然，俘虏兵全都来不及把踏在脚下的小物件取出，多少年来苦心累积所有能值大钱的东西，仅仅迈出五个复步，便宣告化为乌有。又听收容所女主任发出口令："前三列注意，立正！向后转！向前十步走！稍息！"

"后三列注意，立正！向前十步走！稍息！"

"请注意，诸位已经返回到了你原来的位置。给你们三分钟，假如大家丢失了什么，请在你自己脚下找找看。"

大部分人都急忙弯下腰去，用指头从泥土中抠出了各自的金银首饰，为这些珍宝的复得，激动得不知如何是好。

汪参谋高声宣布："现在，贵重物品登记工作开始！"

5

俘管所一些人，是第二次或是第三次被解放了，油得厉害。看见汪可逾他们小小年纪，虽是一口一个"长官"，却变着法儿要逗一逗他们。

"长官！这菜盆是道光年间的，早倒光了，请给加一点！"

"长官！这小米饭掺了红薯，忒不经吃，请给加一点！"

给他们加了饭加了菜，三下五去二，又吃完了。用竹筷狠敲盆边，咔咔咔咔响成一片，再一次提出严重抗议。饭菜全都分给他们了，还有两个大盆用白布盖着，那是留给工作人员和警卫班的。有人要向俘虏兵们做解释，被汪参谋阻止了，她把两个大盆的白布掀掉，高声呼喊道："各班按顺序来，第二次加饭加菜！"

不消说的，这一顿中饭，第四收容所全体人员和警卫战士，只能饿着肚子挺过去了，绝对不可能为他们点火另做。

晚饭，重复上演了中午的一幕，那帮人又在敲打着盆边要求加饭加菜。有人建议，把工作人员的饭菜藏起来，不让他们看见。不！汪参谋坚决不同意，她又向俘虏群高声呼喊道："各班按顺序来，加饭加菜！"

有那么一位"解放战士"，很不显眼地瞪了大家一下，却具有十分显著的权威性,所有的人同时停止了敲击菜盆,停止了笑闹起哄。以后才了解清楚,此人原是一名少校团副,以上等兵身份隐藏在俘虏群中,他训斥部下人等说:"一位漂亮的女共产,自己饿肚子,饭菜全都给你们进贡了,哪一个收容所,还找得出这样的活菩萨主任?你们欺负女人,寻开心找乐子。等他们另换了一批政工老手来,可就有你们的舒坦日子过了!"

从此,不再有谁要求加饭添菜了。

"前指"派来一位新华社随军记者,要汪可逾谈谈,她是如何解决俘管工作中几个老大难问题的。采访将尽快在野战军政治部编印的《政工往来》刊出,把她的宝贵经验宣传出去。

汪可逾哭笑不得说:"要宣扬我的宝贵经验,那应该有谁先告诉我,我的宝贵经验是什么?"

印有这一篇通讯的《政工往来》,第二天便散发给所有一线部队。文章获得了很多好评,同时受到了部分舆论强烈抨击,指责作者是整个儿一个"克里空"——苏联话剧《前线》人物中的一个战地记者,专靠制造虚假新闻博取声名。

反对派的立论在于,自己挨饿,把饭菜让给俘虏兵吃,毫无疑问,那是投降主义!有命令立即投入战斗,你只能饿着肚子上前线,行吗?

## 第十二章 黄河七月桃花汛(上)

## 1

齐旅忽然接到命令，即日渡黄河北返，负责将伤员、俘虏、民工担架队等非战斗人员送过北岸，部队最后渡河。

下面窃窃私语，完全无法理解。野战军强渡黄河以后，以不足一个月时间，拿下了鲁西南战役，歼敌九个半旅六万余人，为挺进大别山开辟了宽阔的通道，得到中共中央通令嘉奖。在如此大好局面下，怎么来了一个一百八十度的大转弯，要渡河北返呢？

人们自然会想，肯定是敌我态势发生了全局性的逆转，才不得不痛下决心。于是黄河渡口笼罩在人心惶惶的气氛之中，只有五条渡船，一船载运不足百人，猴年马月才能把人运送完毕！有的地方单位不顾军事管制，开始争夺渡船，抢起撑船的竹竿乱打一气，一竿子打下去，便有好多人落水。如果不立即采取措施，整个渡口将会完全失去控制。

"一号"首长从警卫员手中夺过卡宾枪，朝天连发三枪。

一队执法战士跳上渡船，把所有人一律赶下了船。那些"支前"（支援前线）民兵心有不服，和战士们推搡过来推搡过去。听见鸣枪警告，知道这可不是闹着玩的，不得不下船去了。还有那么几个刺儿头，紧紧扒着船帮不肯松手，战士们毫不客气，赶上前去用枪托猛捣他们的双手，一个个扑通扑通掉下河去了，渡船很快被清理一空。

一些营、连干部，级别够不上，没听到传达命令，懵懵懂懂的。

## 第十二章
### 黄河七月桃花汛（上）

他们围拢"一号"，表示对北渡黄河想不通，希望旅首长当面给解释解释。一个个心里很是窝火，难免冒出一些过激的言语。齐竞倒也不生他们的气，一再重复说，该知道的大家都知道了，不该知道的，我这个当"一号"的也不知道。

一位喜欢贫嘴的老几说："我想，除非一种情况可以解释得通，九旅接受的是'佯动'命令，不过要我们装装样子，给敌人看的。当然，佯动需要假戏真做，也不可过于马马虎虎。"

听了这话，齐竞忍不住仰面大笑起来。他这一笑泄漏了天机，人们先愣怔了一下，随即恍然大悟，也都跟着大笑起来。

齐竞警告说："保密条令摆在那里，有谁胆敢以身试法，没有好果子吃。"

## 2

司令部参谋汪可逾也听不上传达，观念中敌情十分严重。先不讲别的，只是敌机轮番来轰炸渡口，会造成怎样一种惨状就可想而知。她提出一项建议，把渡口所有支前女民工担架队员集中在一号船上，优先送她们过河去。指挥部同意了这个建议。

只见一位女军人纵身上了一号船，举起双手高声宣布道："我是司令部汪参谋！渡口指挥部决定，要优先运送民工妇女过河去。姐妹们快上船吧！不管哪个县哪个区的，都可以上来！"

民工妇女们开始争先恐后登船，看上去接近一百人了，像是装得满满的火柴盒，一根火柴棒也插不进了。

汪参谋发出了她的第一个指令："我是这条船的船长，大家一定要听我的指挥。不是吓唬你们，浪头这么高，谁也不能保证这条船平安无事。万一有闪失，你们全穿的长衣长裤，几下就卷到水底去了。所以我要求大家一件事，脱光衣服！"

话音未落，早炸锅了，妇女们跳着脚齐声嚷叫起来：

"不干！不干！不干！"

"我们作什么孽了，该受你这么来整治！"

"你把我们推下河去不就完了！"

"你把我们枪崩了吧！"

汪参谋焦急地说："不是我坚持自己的看法，长衣长裤缠裹在身上，到时候抢险队来不及救你。想保留一线活命的希望，就得脱光了！"

有人试探着问："汪同志，是你负责送我们过河吗？"

女军人回答说："那还用说，当然的。"

"你站在岸边挥着手欢送我们，是不是？"

"不不不！我也坐这条船，送大家上了岸，我才返回。"

"汪参谋，你不也得为自己保留一线希望吗？"

一句话提醒了汪可逾，她竟没有想到，自己这个当船长的，如果不能身先士卒，就休想说通任何一个女人。她不再言语，默默地解开纽扣脱去上衣，接着是军裤、衬衣、内裤，脱了个一丝不挂。按照内务条令要求，衣服一样一样叠得平平整整地摆在船板上。

绝对不可设想的事情，当着全船女民工公开上演了，她们一个

## 第十二章
### 黄河七月桃花汛（上）

个张口结舌，不敢正眼去看。汪可逾泰然自若地站在船头，仿佛是一粒花生被剥掉外壳，又褪去那一层粉红色薄皮儿，轻轻吹一口气，全散开去了，手心里留下来的是一粒光溜溜又饱满的花生仁儿。

### 3

女民工们震惊之余，无不为汪可逾这种异乎寻常的大胆行动深深感染。司令部参谋，正牌子的一个有身份有地位的女军人，不只是豁出去了一个尚未出阁女孩儿家的脸面，实则也舍出了她的青春与生命。全船妇女不得不扪心自问，人家姑娘为的什么？

起初，只有一两个人发狠，动手在裸身了，接着又有几个跟了上来。她们被女伴们包裹在当中，岸上发现不了。随着汪参谋说服动员，裸身者数字逐渐增多，再也遮挡不住了，于是直接暴露于光天化日之下。黄河渡口所有部队、民工等不知多少道锋利的目光，全都聚焦于一号渡船。

说来应该归"功"于这场战争，只有在大规模战争环境中，才可能有成百名全裸的女性被集中陈列在一条船上。搁在平时，哪有机会让人们领略到如此极端化的人体景观！不是小河弯弯，不是山泉叮咚，而是水天相连，烟波浩渺。

九旅部队集中排成几个方队，坐在岸边等待上船。不知是哪位先知先觉者吼叫一声："快看哪！"部队唰地站起身，伸长了脖颈向女民工渡船那边眺望。各级干部即时出面维持秩序："部队保持肃静！""部队原地坐好！""部队注意纪律！"现场总算平息了下来。

少不了还有那种不死心的，装作衣领有什么不舒服的样子，脖颈扭来扭去，狠狠向渡船睃上几眼。

地方单位管理松散，好多人脱离队伍，向一号渡船包抄过来，密密实实簇拥在大船的左右。一些人宁可卷起裤腿站在湍急的河水里，向船头翘望。民工妇女急着要躲避，上天无路入地无门，往哪里躲？

非洲斑马遇到了狮群，臀部一致向外围成一圈，飞起后蹄猛踢一气，让兽中之王无隙可乘。船上女人们即时采用了斑马的防卫策略，但她们缺少两只健壮的后蹄用以拒敌，只能是拆东墙补西墙，身体转向船内，把自己背部交给"观众"。

第一号渡船一下成了"女儿国"，谁都不好再上船，有事只能靠大呼小叫，由联络人员从中转达。行船准备完成了，汪可逾本应当到指挥部去汇报一下，只要她穿起衣服下船去，肯定会引起妇女们的疑虑与恐慌，搞不好来一个一哄而散，再难收拾。她站在船边，朝着指挥部联络员高喊："喂！请报告指挥部，一号渡船准备完毕，是不是可以开船了？"

4

整整一个小时过去了，还是没有开船的命令。

一再延误下去，起初的慌乱恐惧情绪已经烟消云散，代之以轻松愉快有说有笑。

一个女民工叫起来："汪同志你看，这些臭流氓全都走了！"

大家这才注意到，渡船周边的围观者大军，由兴致勃勃转而自

## 第十二章
### 黄河七月桃花汛（上）

感无趣，开始在全线撤退。

船上在嬉笑议论："本来嘛！男男女女，谁没有见过谁！只不过这一次让他们赶上了，近百个光身女人码在这里，谁见过这一种阵势？经不住时间长了，总看总看看饱了，看腻味了。"

汪可逾回应说："几位大嫂讲得好。远古人集体打猎为生，从不知道穿衣服，男女相处，习以为常。绝不会出现这样的情况，里三层外三层的，傻看傻看。"

"听人家讲，人和动物的区别，就在于动物不穿衣服，不知羞臊。我们这样，不是要变成动物了吗？"有人提出异议。

汪可逾当即给以解释："人类最早穿起衣服，是为了保暖，并不是为了遮羞。不能说怕羞产生于不穿衣服，反而可以讲，人的羞耻意识，正是因为穿衣服才带来的。我们身体经常是严严地遮蔽着，偶尔暴露一下，自然就会觉得脸红羞臊。"

刚上船来，大家就注意到了，这个姓汪的女参谋人好漂亮。现在有了那份闲心，这才发现，女军人那一张漂亮脸盘儿可以忽略不计，愈加风光无限的是她的身体。几个勇敢分子，争相与汪参谋并排站在一起，有意和女军人一齐，显示一下自己修长匀称的身条儿。如同森林中禽鸟，喜好向同类炫耀自己美丽多彩的羽毛。

"黄花闺女金奶子，过了门银奶子，当了娘便是狗奶子。"

当地时兴早婚，女民工们多是生养过一两个的，自知不具备起码条件，与汪参谋一对完美无缺的乳峰相攀比。在她们看来，这是天经地义的。花呀枝的好年纪已经过去，不会横下一条心，熬小米粥喂养新生儿，以便把一对"金奶子"保留下来。

北方农家女，地里活儿不算太重，并没有"吃"下过多紫外线。皮肤微微发黑，黑里透着红晕，倒也还是很上眼的。但是与汪参谋并排站在一起，就有差距了，显得那么粗糙而又缺少光色，不像人家那样细皮儿嫩肉的。

汪参谋自谦说："我很羡慕你们，你们这样的皮肤叫作浅咖啡色，是世界公认的健康色。城市里有钱人的小姐和大学生，用墨镜遮着眼睛，躺在阳光下面去做'日光浴'，一晒几个小时，要的就是你们这样的好肤色。"

一个姑娘特别激动，抱着汪可逾肩膀说："汪同志，我总像是在做梦似的。刚刚船下那么多大老爷儿们盯着看，羞死人了。好！现在脸皮比城墙还厚，高高站在船头上，随你们看。说来也够吓人的，我怎么一下就变成这一号人了？"

又一个女孩上前来说："汪姐，我也一样。你命令脱光衣服，我哭闹得最凶，要死要活的。这才多一会儿，不过是剥一根大葱的工夫，一下翻转过来了，恨不能从今往后再也不穿衣服才好。"

汪可逾惊喜不已。刚上船来，感觉这些女民工很难与她们交流，更不用说如何亲近起来。现在知道，只不过因为哺乳，她们胸部塌陷了下去，除此之外，彼此间没有任何不同。她热情地讲解说："人类穿起兽皮，大约是十七万年前的事。而踏上直立人的进化历程，至少有四百万年了。相比之下，穿起衣服才有几天的事。正如你们讲的，不过是剥一根大葱的工夫。所以一点也不奇怪，我们现代人，很容易找回赤身裸体无拘无束的那种初始记忆。"

## 第十二章

## 黄河七月桃花汛(下)

1

齐竞站在指挥部帐篷门口，用望远镜观察一号渡船的动向。忽然镜头里出现白花花一片裸身女人，"一号"立即收起了望远镜。他不好继续使用他的日军九八式望远镜，将清晰度提高七倍，来观赏这一道女性人体风景。

那么多全裸的女性聚集在一起，大大强化了视觉冲击力，令齐竞心悸不已。现在正值黄河夏汛期，他强烈预感到，会有一场惨祸临头。齐竞本想准予开船的，这一下犹豫难决，他要联络员通知汪参谋："没有指挥部命令，绝对不准开船！"

俘虏收容大队负责人前来报告，说那位郭参事又一次请求接见。南京国防部保密局的郭参事，本已告老退职，却仍佩戴上校军衔，来冀鲁豫前线督战。于是成了年事最高、资格最老也是最有情报价值的一名战俘。几次求见，颇为急切的样子，齐竞就答应下来了。

接见安排在一片树荫下，面对面摆了两个小马扎，一名宣传干事在一旁做纪录，警卫人员分散布置在树林里。众多裸女出现，让黄河渡口所有的人，包括俘虏收容队的国民党军官兵，无不感受到极大震撼。郭参事与旅长齐竞见面，先就提起了这件事。

郭参事遥指渡船说："运送妇女们过河，要她们一律裸身，我完全理解。万一出事了，可以争取挽救更多生命。"见齐竞点点头，他

## 第十三章
### 黄河七月桃花汛（下）

又说，"这个想法何等体贴细密，旅座阁下还是一副菩萨心肠咧！"

"这是一个参谋建议的，我同意了。"

"这里让我联想起宁夏黄河，每当农历三月春汛来临，便会出现'三月桃花汛'。请原谅我多余担心，时下正是一九四七年七月，渡口该不会出现一场'七月桃花汛'吧？"

齐竞很讨厌郭参事讲话那种酸唧唧的腔调，但还是友好地回答说："那倒不至于，我要求行船准备工作做到万无一失。"

参事神秘兮兮地窃笑说："但愿如此。不过，敝人在一旁观察，倒是小有发现，不知当讲不当讲？"

"既然见面，没有什么不可以坦诚直言的。"

"那么，我就在旅座面前来卖弄一回了。南京方面认定，当面共军现已无力再战，即将渡黄河北逃，以求得战略喘息。空军侦察到，共军正在几个渡口集结渡河，印证了南京的判断准确无误。"

齐竞也同样慢条斯理地说："参事置身于黄河渡口，亲眼目睹本部正在实施北渡行动。应该讲，阁下的观察，愈加印证了南京方面所见高明。"

郭参事冷冷一笑，傲气十足地说："旅座！贵方这一点小花样，要弄南京国防部富富有余，偏偏有我这一把老骨头身在。我断言，贵旅其实是受命佯动，摆出一副匆促慌乱姿态，造成撤退北还的假象，以保障跃进大别山战略行动的突然性。旅座！请用一个字回答我，是或否？"

齐竞仿佛在与一位武林高手过招中被对方点穴了，指尖轻轻一戳，正中要害，他差一点没有背过气去。为掩饰自己内心的慌乱，他特意夸张地大笑，反问说："请参事进一步明示，你又是从哪里识破了我的故作姿态呢？"

"常识告诉我们，保存主力至关重要，而你第一船载运的，竟全数为民工妇女。妇女就妇女好了，十分钟过去了，不开船！三十分钟过去了，不开船！近两个小时过去了，还是不开船！如此一拖再拖一误再误，又是玩的什么把戏？旅座自己心知肚明。"

## 2

"再不开船我要疯了！"

送来这么一张纸条，没有写抬头，也没有具名。一个参谋人员对自己顶头上司，怎么可以如此无理，小汪真的要疯了。郭参事坐在对面，齐竟不好说什么，与对方相视一笑，收起了纸条。

郭参事问："我们的谈话就此结束了吗？"

"不！郭先生揭露了我的伪装阴谋，正要当面领教。"

"不敢不敢！钧座竟然使用了'阴谋'一词。据我所知，'战略'一词，最早是公元五七九年在东罗马皇帝毛莱斯军事论著中应用的。在拉丁语里，'阴谋'与'战略'具有同义成分，至少并无贬义。旅座担负佯动任务，正是野战军战略行动的一个重要组成部分，不是我可以妄下评语的。"

"这倒是很值得来探讨一下了。既然老先生全面否定南京所做判

## 第十三章
### 黄河七月桃花汛（下）

断，认为我军已经无力再战，却又断定我部是伪装北渡回撤。你不觉得高论自相矛盾违背逻辑吗？"

"不！说当面共军已无力再战，这一点我并不反对。"

"在你们心目中，解放军从来就没有什么战斗力可言。"

郭参事摆手说："我不是搞政工搞文宣的，没有兴趣和你斗嘴皮子，我来算一笔账你听好了。你们南渡一个月，伤亡已达一万三千人，新兵运送不来。以俘虏兵补入，须洗脑培训，根本来不及。情报显示，你们武器消耗过大，炮弹则已告罄。浩浩荡荡一支野战军，全部经费所余只有法币十万万元……"

齐竞心里不免又咯噔一下，这个老家伙好厉害！他从南京赶来时间很短，怎么会把我们这样的核心机密都弄到了手？可知我们要害部队存在多大的漏洞。为了掩饰自己的惊慌，他打断对方的话："不如我来替你把话讲明好了。总之我军在做困兽犹斗，无论南进抑或被迫北逃，同样是死路一条，只有向蒋委员长举白旗了。"

"不不！旅座原谅，我如实陈述，没有一丝一毫的不敬。贵方行动决策之胆略与气概即在于此，拼尽最后一息，打出一记后直拳，足以令对手猝不及防，扑倒在地。"郭参事诡谲地一笑，目光直视齐竞，"郭某人有此独立观察，没有离题太远吧？"

"阁下天马行空，极善于发挥想象。"

"只是我一时还难以认定，延安的这一拳将会落在何处。旅座，莫非你们有意重拾鄂豫皖苏区的旧梦吗？"

这个老不死的情报篓子，准确指出了晋冀鲁豫野战军千里跃进的目的地——大别山区。齐竞王顾左右而言他，有意显露出不想再谈下去的样子。

郭参事自管讲下去："如果你们确有一副好牙口，啃下了大别山区，可东慑南京、西揽武汉、南扼长江、北制中原，将国军防线由黄河推至长江。只是，我要多余提醒一句，君不闻'卧榻之侧岂容他人鼾睡'？"

"我也有一言相告，君可知'开弓没有回头箭'？"

"犯下兵家大忌，孤军深入敌方战略纵深五百公里，其历史性代价怕是你们难以承受的。如果行动失败，贵军只能告别中原大地，退回太行山打游击去。"

"不可否认，一项战略决策英明之极，却往往发现，几乎是不可能付诸实施的。那就要看前方将帅的意志力和思维能力了！"

"旅座提及前方将帅，敝人心领神会。其实，对晋冀鲁豫野战军司令员——这位独目将军，我本人又何尝不是钦佩之至呢！摘除坏死的眼球，却坚决拒绝麻醉，担心使用麻醉剂可能会伤害脑神经。他恳求医生说：'作为一名军人，我不仅需要有超乎寻常的坚强意志力，同样要具有极度健全与敏锐的思维能力。'"

齐竞接过对方的话："顺利完成了手术，从始至终他没有喊一声痛。他告诉医生，我忍受疼痛的办法，就是一刀一刀数着你割下多少刀，总共是七十二刀。一点不错，德国医生感动地说，你不是普通的中国军官，你是一块会讲话的钢板。"

老参事口风一转说："旅座！不过话又说回来，现代战争打的是大兵团协同,打的是物资消耗,仅凭意志力以及什么头脑的机敏性,不可轻言胜利。"

"我信奉克劳塞维茨的一句箴言:物质的原因和结果不过是刀柄,精神的原因和结果才是贵金属,才是锋利的刀刃。"

## 3

联络参谋上前说:"首长你看,他们开船了!"

果然,一号渡船正缓缓离开河岸。齐竞愤怒已极,这个汪可逾,简直无法无天!他本想要曹水儿通知停下来,但他强忍住了,低下头一语不发。什么理由不许开船呢?你拿不出任何一条理由。按原定方案,所有非战斗人员须先行运送北岸,确实不能再拖延下去了。

郭参事起身告辞说:"旅座!敝人有一项建议,请允许我……"

"请讲!"齐竞想尽快送客了。

"这条渡船严重超载,恐怕难免要出事的。国军被俘人员中,有受过特种训练的蛙人士兵。如有需要,请只管调用他们下河救人,利用他们的一技之长。"

"一号"首长奖赏给郭参事一个友好热情的握手:"作为被俘人员,你的建议很不适当。不过我还是要谢谢你,万一有事,也可以考虑组织他们参加抢救。"

送走客人,齐竞把警卫连长找来,压低了声音说:"只要他抬腿逃跑,可以紧急处置,击毙他!"

警卫连长跑步返回俘虏收容所,他一路在想,首长没有一句话提及采取什么具体措施来加强监管,避免他逃跑。什么意思?给他的直觉,"一号"是希望这个国民党情报官逃跑,否则不好开枪。

郭老参事把身边的几个校级军官找来,叮嘱他们说:"从现在起,一举一动都要格外谨慎,大小便一定先举手报告。稍有随便,他们不经警告,冲锋枪就会'笑'脸相迎,子弹全部击中有效部位。"

警戒虽然那么严密,还是让国防部保密局这个退役老参事逃跑了。

至第二年九月济南战役结束,才从敌方机密文件得知,郭参事当晚自杀身亡。

年事已高的这位职业老军人从黄河渡口逃出,很快便进入国军驻地。他直接向南京拍发了加急电报,随即接到回电,大意是说,共军北渡不成而南窜,已为多方面情报确证无疑,不劳费心。老参事捧在手上抖抖索索连读两遍,只冷冷一笑说:"好一个北渡不成而南窜!"

驻军师长向郭老参事讲了几句安慰的话,告辞出来。刚走到院子里,听见屋内咕咚一声响,感觉不对,回头便看见房门下边缝隙里淌出一股鲜血。先是在光滑的青石上流淌,转眼便已渗入草地。

死者扑倒在地砖上,把尸体翻过来看,他把匕首连同刀柄整个插进心脏里去了。这是一把美军匕首,招待客人切甜瓜用的。匕首锋尖为双刃,更利于刺入,后半部为无锋刀背,便于切削。那刀柄是有横向防滑槽的,可见老情报官用尽了全力,毫无保留。

## 第十三章
### 黄河七月桃花汛（下）

**4**

这是汪参谋第一次独立执行任务，她热情高涨，竭尽全力，以最快速度完成了渡河组织工作。无论渡河北返是假戏真做，还是打实的一项任务，对她来说并无不同，她必须负责把南岸全体女民工安全送上北岸，不能有一点差错。

她狠狠一挥手，对老船工说："不等了不等了，开船！"

老船工正在打瞌睡，一下跳了起来，照例大喝一声："老少爷们儿坐好，开船喽！"他也不看看，船上哪有什么老少爷们儿。

巨大的船身发出咯咯吱吱声响，缓缓驶离河岸。因为延误太久，却又意外获准开船，大家欣喜若狂，一同挥手告别渡口。满满一船全是光身女人，部队民兵担架队一个个全都惊呆了，某种大不祥的预感注到心头，只听他们叫苦不迭说："哎呀！哎呀！我们的妇救会哟！"

人们不知道怎样称呼裸女们，他们不会说"我们的姐妹们哟"，不会说"我们的亲人们哟"，也不会说"我们的女同胞哟"。"妇救会"是抗日时期用语，早成为历史了，但仍然是唯一可行的一种对女性的共同称呼。

一个大浪迎面打来，把船头掀起老高。老船工大惊失色，倾全力压伏在舵把上，对女人们大吼："跪下！跪下！求老天保佑！求老天保佑！"

渡船不停地剧烈颠簸，女人们一下向左舷拥过来，一下又向右舷倒过去。照理说,她们该是吓得大哭小叫不成个样子了,不!因为适应了裸身,进入如梦如幻状态,尚不能清醒意识到自己的处境,滚滚激流之中,传出女人们一阵阵无缘无故而又是不可抑制的欢笑声。

恰似有一位大婶,使用好大好大的一个簸箕在簸黄豆,她总是将豆荚棒棒什么的轻轻给扬出去,留下干干净净的黄豆粒儿。今天大婶用力粗暴,一下将黄豆粒儿全部给簸了出去。一整船"妇救会"被抛上天空,阳光照射下,分明看见一个个全裸身体从高空飘落下来,如春雨来临前,一群活泼的燕子在云层下自由翻飞……

# 第十四章
# 一匹马等于一幅五万分之一地图

1

齐竞几天吃不下饭睡不了觉，人已经有点脱形了。他反反复复在想，那次，党委多数人同意，不作为一个处分，而是调动工作，送汪可逾返回邯郸了事。如果就那样执行了，哪会有现在的惨案？千不该万不该，你不该出面力争，小汪又留下来了。岂不等于你自己亲自送她踏上了黄泉路的吗？

老政委警告齐竞："过于感情丰富，齐旅还打仗不打仗？"

骑兵通信员曹水儿接受一项特殊任务，要他带着"滩枣"，沿黄河两岸寻找汪可逾参谋，活要见到本人，死要见到尸体。又特地嘱咐他，一定要带上汪参谋的古琴。最后找不到她人，就把古琴坠上石块沉下河去。小汪去到那个世界，不能没有这一张宋代古琴陪伴她。

俘虏营也组成蛙人队，参加了一号渡船抢救工作。指挥部动员他们说："大家要拿出一切本领全力救人，亏待不了你们，落水的全是十七八岁的大闺女，谁捞上来就归谁了！"不过是一句玩笑话，没有谁幻想"共军"会切实兑现这一个许诺。近百人的"国军"蛙人队，个个抱着"救人一命胜造七级浮屠"的传统信念，使出了长期训练的专业技能，把绝大部分翻船落水的女人救上了岸。

汪可逾也是被一个蛙人队员打捞上来的。这个俘虏兵一根筋认

# 第十四章
## 一匹马等于一幅五万分之一地图

死理，一直在大吵大闹："上有青天下有黄土，你们说话要算话，不把这个女人给我那不行！"

曹水儿忍不住了，他左右开弓，结结实实赏给了对方两个大嘴巴。俘虏兵还要据理力争，见曹水儿脱下一只鞋，要用鞋底抽他，随即逃之夭夭了。

将古琴坠上石块沉下河去，这个话虽然并未成为现实，齐竞的这个假想，却深深打动了汪可逾。她脑海中一再重复放映一幅画面——骑兵通信员曹水儿放开了手，那张宋琴坠了石块，正从黄河水面沉没下去。她一把从曹水儿手中抢过古琴，迫不及待地打开布包查看一遍，顺手调好了琴弦，弹出一个空弦音。

琴音随着宽阔的黄河水面飘向远方……

## 2

他们跳上最后一条渡船赶回南岸，一切为时已晚，大部队昨夜开动，无影无踪，哪里去寻哪里去觅？

一个女文化教员、一个骑兵通信员、一匹老军马，组成了独立建制的一支小小"铁流"，日夜兼程追赶野战军大部队。

南京方面预测"当面共军已经无力再战"。这固然是一厢情愿，也并非没有事实依据。十数万疲惫之师，亟待休整补给，原本是动不了的。但是延安那边吃紧，其他各战场均感压力过大，晋冀鲁豫野战军这一记后直拳必须打出去！

南京国防部急调八个整编师约十四万人，对晋冀鲁豫野战军发动分进合击。同时企图利用连日大雨，伺机炸毁黄河大堤，来一个"水淹七军"。野战军指挥部派出专人，二十四小时测量水位，是否已达警戒线。上上下下无不忧心如焚，惶惶不可终日。

八月六日，终于下达预备命令，七日驰电报告军委，当夜即乘各路国军向心合击包围圈将拢未拢之际，晋冀鲁豫野战军突然出动。一纵在右，三纵在左，总部率第二、第六两个纵队居中，经巨野、定陶之间跳出包围圈，与敌军侧着肩膀错一个身过去了。而后沿沈丘、项城、息县一线前进，如一把利剑直插大别山区。

以后若干年，老将军们在他们的回忆录中少不了要提到，由战略防御转入战略进攻的时机选择实属绝佳，一个"金蝉脱壳"，把敌人远远甩在背后。他们可能忽略了，时机的把握愈是精明奇巧，也就愈加包含了诸多不确定性，包含了为把握主动而不顾一切的极大冒险性。

八月九日、十日，中央军委连续两次复电野战军前方指挥部："决心完全正确，情况紧急不及请示时，一切由你们机断处理。"这里，除去慰勉、赞扬、激励之外，也不难领略到几分沉重、几分急迫，以至于带有几分诀别的悲凉在内。

苏沃洛夫元帅讲，战争中决定性因素是脚，手是辅助的。解放军凭两只脚在前面奔跑，背后国军近二十万摩托化部队紧追不舍。他们的前哨部队，总是咬着我们后卫部队的脚后跟。

曹水儿这一支小小铁流，被夹带在两大兵团烟尘滚滚向前推进

# 第十四章
## 一匹马等于一幅五万分之一地图

的中间地带，一路相伴相随。只是他们不能不悬着一颗心，一旦被后面的国军赶上，自身没有还手的余地。而追上了野战军大部队，又很容易与后卫部队发生误会，倒在战友的枪口下。

3

大部队南下所遇到的第一个关口，不是敌军据守，而是一道天然障碍——"黄泛区"横在面前。

抗日战争中，国民政府强令黄河从花园口决堤改道，以阻止日军。有八十九万国人死于非命，又造成二十余公里宽的黄水滥泥区，浅则没膝深则及脐。部队艰难徒涉，不敢放慢了脚步，也不敢稍事休息，否则会身不由己地向下陷，越陷越深，只有一鼓作气不停地向前冲。终于如蚯蚓一般，从数十公里的污泥中钻了出来。

部队过"黄泛区"，都找了向导带路。结果证明，受旱涝无常影响，"黄泛区"地貌一年四季变化很大，向导们画出的路线图，无一不是"去年的皇历"。曹水儿他们不能找向导，小分队行动，一旦对外暴露便会陷入绝境。不过曹水儿不在乎，我们有"滩枣"啊！

马类天生嗅觉、听觉发达，有非凡的记忆力，视网膜外层有一层照膜，感光力特别强，夜暗中也能看清周围的事物。凭它对沿途气味、声音的感触，以及对景物的观察记忆，时隔多年后，还可以从遥远的异乡返回原地。

一匹老军马，等于五万分之一的一幅作战地图，"滩枣"以它超乎寻常的灵敏与直感，追踪着野战军大部队的行迹，保证这支小小铁流行进方向不会有差误。在漫无边际的"黄泛区"，它随时可以确定什么地方泥泞太深，不可踏入，什么地方无须过于谨慎，仰着脖颈蹚过去就是。

汪可逾一路上都是骑马的，过"黄泛区"完全不同了，马背上驮一个人重量太大，很容易下陷。"滩枣"曲曲弯弯在探索前进，曹水儿和汪参谋跟随在后，他们两眼紧盯着马蹄印迹走，从不敢随意迈一脚出去。骑兵通信员放弃了对这匹老军马所有的驭使手段，演绎了一幕真正意义上的"信马由缰"，它引领到哪里是哪里。

起初他们弄不明白，"滩枣"为什么朝着回返方向走出去老远，还回了好大好大一个圈子，又兜了回来。随后才恍然大悟，为了避开大面积的滥泥区，老军马仿佛在绕行一个隐形的迷宫，七绕八绕，走了多少"冤枉路"，终于准确无误抵达迷宫的出口。

4

曹水儿这才注意到，汪可逾脸上沾了好些黑泥巴，"黄泛区"的烂泥气味很难闻的，她全不在意。一双布鞋用麻绳串联起来，挂在脖颈上，分左右两边吊在胸前。这个北平"洋"学生，早没有那么许多讲究了。

"噢——"曹水儿仰天大吼一声以示庆祝，他不敢想，竟然如此顺利通过了"黄泛区"。他一再称赞汪参谋说："谢天谢地！要是你

## 第十四章
### 一匹马等于一幅五万分之一地图

一步迈不好，陷在烂泥里动不了啦，那可怎么办？现在我还有些后怕！"

"怎么会呢？始祖马原是在北美大森林中，之后转变为草原古马，历经大草原和泥泞沼泽地带数千万年生存体验，早已融化为代代相传的一种天然识别能力。只要'滩枣'步子错不了，我就没有问题。"汪可逾同样欢欣鼓舞。

曹水儿掏出一根红萝卜喂给马吃，无异于颁发一个重大奖项，褒奖不辱使命的"滩枣"。"滩枣"未予理会，却低下了头，两只耳朵有节奏地向前倒，又向两边耷拉着。那意思是对曹水儿讲："我实在是太疲劳了。"

马的两个耳翼高高竖立，耳叶肥大，转动灵活，具有很好的表现力，以至于取代了马类的物种语言。它们有什么话，从不出声，主要是通过耳朵的各种姿态变化做出表达。"滩枣"眼皮要闭不闭的样子，它睡着了。一般来讲，马是终生直立入睡的。古来野马遇到其他大动物突然侵袭，从不争斗厮咬，唯一的策略就是迅即逃离，若是倒卧下来，一旦有事怕就来不及应对。

曹水儿决定在此地临时宿营四十分钟，让"滩枣"小睡一下。他用一件旧军服为老军马擦拭全身皮毛，为它梳理鬃毛和马尾，用指甲轻轻给它抓痒。又轻轻扳起老军马的小腿，让汪参谋帮忙，为老军马清洗四蹄。

小汪单腿跪在地下，一点一点抠去杂物和石子。她很认真，严格按要求顺着蹄踵方向去抠，以免损伤蹄叉。汪参谋所有这些动作，早已为老军马所熟悉，此时它睡得舒适又安稳。

汪可逾清洗了帆布筒，开始为军马调拌饲料。按照"先粗后精"的原则，她先在帆布筒里盛满了切碎的谷草，这一种秸秆类饲草，质地松软厚实，有一点甜味，是"滩枣"最喜欢吃的。作为精料，主要是玉米粒儿，只是含蛋白质和钙较少，需要补足矿物质，所以小汪搅拌了一些燕麦进去。考虑到今天"滩枣"出汗过多，又抓了一小把盐粒儿进去，让军马多多饮水，有利于全身调节。

她轻轻拍了拍老军马的脖颈，叫醒了它："开饭喽！"

老军马吃谷草，总爱用头去拱那个帆布筒。汪可逾怕它把筒弄翻了，便捧起谷草，在手掌里喂它吃。小汪非常耐心，望着老军马阔大灵敏的上下唇左右锉动着，牙巴骨发出咯咯嘣嘣的声响。一捧谷草吃完了，接着再供应下一捧。

"滩枣"慢条斯理地在进食，时不时以头部挨近小汪的身体，或是伸出舌尖舔一下小汪的手。这是马类对人极为友善的表现，只是它微微挨近过来，小汪便有些歪歪倒倒站不稳脚跟。

曹水儿在一旁指导说："汪参谋！你得上肩膀扛着些，要不它更得欺负你。"

5

南京国防部只顾调集主力合击黄河南岸，致使陇海路两侧空虚，几乎见不到国军正规军了。我们大部队走出"黄泛区"，又顺利越过

## 第十四章
### 一匹马等于一幅五万分之一地图

豫东地区涡河、沙河、颍河、洪河，八月二十三日进抵河南正阳县境内的汝河一线。

曹水儿、汪可逾他们，也尾随大部队赶到了汝河北岸。

听枪声炮声知道，前面激战正酣。路边一团一团的大火在燃烧，近前去看，烧的有军用地图、机密文件，有中原解放区发行的"中州农民银行"纸币。一捆一捆的，一色新币，票面币值有十元至两百元不等。命令焚毁文件纸币，可知野战军大部队处境危急达到了何种地步。

汝河是汉江的一个较大的支流，宽六七十米，但水深近三米，无法徒涉。忽然，曹水儿兴奋地叫起来，一道浮桥出现在眼前。自不待言，这是大部队在密集的炮火下，用十多条木船连接搭建的。宽约四米，桥面填满了树枝，铺了厚厚一层土。

"汪参谋坐稳了！"

骑兵通信员大吼，在战马后臀猛力拍了一掌，"滩枣"四蹄腾空而起，载着汪可逾飞速驰过了浮桥，曹水儿紧随其后。敌人迫击炮集群射击打过来，上下游连连激起高高的水柱。

上岸便是一片开阔地，不时在受到炮击。这下让曹水儿犯难了，他们再没有任何地形地物可以利用，人员马匹暴露无遗。他担心汪参谋，一旦有事，连一个急救包也没有，两手空空怎么救援她？

又不可犹豫不决，后面追兵说到就到了，不当俘虏，只能是硬着头皮快速通过。但开阔地距离遥远，乘马目标太大，很容易被敌人火力追踪。他先考虑保持行军队形，前后间隔十多米。一路辨别着炮弹弹道声响,听出弹着点很近,便就地伏下。

但曹水儿立即否定了这个方案,总是一次次卧倒,延误时间太多,怕追赶不到大部队了。遂决定让汪参谋乘马先行一步,飞速通过开阔地,他跑步跟上来。汪可逾一听要哭了,说什么也不同意她一个人先走。

曹水儿急了:"汪参谋!你是首长,不过眼下你得绝对服从我!"

汪可逾忽然来主意了,她试探着说:"条令上是怎么规定的,许不许可两个人同乘一匹马?"

骑兵通信员早在等着她的这句话了,他无可奈何的样子说:"条令不是问题,就看'滩枣'的实战发挥了。好,我们试试看!"

他扳住鞍桥纵身上马,弯下腰去拉汪参谋。小汪被他轻轻拎了起来,顺势一个骗腿,坐在骑兵通信员身后,两臂环抱,手紧紧抓住了他腰间的军用皮带。皮带铜扣扣得十分紧密,无论战马怎样奔跑跳跃,女军人都不会被摔下马去。

一马双跨腾空而去,身后荡起一团团尘土,如一缕黄色烟雾在迅速延伸开来。不断有迫击炮弹在"迎接"他们,或在前或在后,或较远或更近,弹片噗噗地不断从耳边飞过,弹着点掀起的泥土唰唰地从空中溅落下来。

6

这一支小小铁流,保持了不快不慢的一个适中的行军速度,所

## 第十四章
### 一匹马等于一幅五万分之一地图

以不早不晚，赶在这个时间点上，才侥幸得以在最后一刻，借用大部队撕开的战线缺口冲过了汝河。他们哪里知道，这是千里跃进征程中唯一的也是最为凶险的一道关口。

国军整编第八十五师由平汉路乘火车赶来，已经抢先占领南岸几个渡口，构筑了防御工事。而尾随在后的三个整编师，与我们部队相距仅三十公里。至此，右路一纵及左路三纵均已前出很远了，中路野战军领帅机关与二、六纵队却被拦截在汝河以北，首尾不能相顾，上下呼之不应，情况万分危急。

野战军"一号"和"二号"首长，冒着敌人炮击与飞机轰炸，忽然来到六纵十八旅渡口指挥所。这间土坯屋内，亮着一盏小油灯，昏昏暗暗看不清人的面孔。十八旅旅长展开地图，简要报告了一下当面敌情。野战军"一号"劈头就如吟诵古诗词似的，高声朗读道："狭路相逢勇者胜！"

然后一语不发，锋利的目光直直注视着在场的每一个人。意思是在逼问，我讲这个话有什么特定含义，你们听明白了吗？

怎么会听不明白！这些旅、团指挥员们最清楚不过，在我军众多将领中，"一号"独树一帜，为国内外军界称为"儒将"。自幼熟读古代兵法战策，大段大段背得下来。又曾在苏联伏龙芝军事学院深造，借助俄文系统研究了罗马战史、日俄战史、拿破仑战争理论等。至今一边行军打仗，还在翻译苏联军事名著《合同战术》。

"狭路相逢勇者胜！"一说出自《孙子兵法》，一说出自赵国名将赵奢的论述，又一说出自汉乐府诗《相逢行》。不必细究，中国古代兵法中历经战火熔炼的这一句金光灿灿的制胜格言，在十八旅指挥所人员听来，就是野战军司令员本人出口的一声呐喊！

搁在平时，或许只是字面了解，未见得能充分意识到它无价的价值。值此身陷绝地、千钧一发之际，这一声呐喊给人的震撼与感召力，无形中扩大了百倍、千倍、万倍。所有干部战士，无不热血沸腾，跃跃欲动。

传来消息，敌军前哨与我们的后卫部队已经接上火了。十八旅指挥所气氛愈加紧张，让人透不过气来。旅长悬着一颗心，野战军"一号""二号"留在他的这个渡口太危险，他建议首长转移到上游友邻部队去，从那边渡河情况会松动些。

"二号"斩钉截铁地说："我们两个哪里也不去，跟你一道走！"

十八旅旅长腾地站起，行一个举手礼说："好！两位首长的指挥位置在这里，我到团里去，到营里去！"

于是，旅指挥员下到团里，团指挥员下到营里，基层干部全都上起了刺刀。这一来极大地鼓舞了士气，同时也直接充实了单兵员额。十八旅迅即杀出一条血路，掩护野战军总部及直属部队迅速通过浮桥，继续向淮河一线开进。

## 7

曹水儿他们尾随大军，从汝河南岸一口气赶到了息县淮河渡口。见沿岸一支部队正在待命渡河，随即上前打问，你们是哪个部分的？

# 第十四章
## 一匹马等于一幅五万分之一地图

那些大兵一个个疲惫不堪，不耐烦搭理他。曹水儿又问，我们独九旅在什么位置？对方没好气，不负责任地逗他说："你们九旅早过河了！"

不知道水情可否徒涉，也不了解对岸有无敌情，既然自己部队已经上了南岸，还等什么，过河！

"滩枣"刚刚入水，便淹到了腹部，马背上的汪参谋连忙脱下布鞋，两条小腿浸在水里。虽然是骑兵通信员曹水儿牵着缰绳，其实他并不起主导作用，深深浅浅迈出的每一步，完全是由老军马拿定主意。不知用时多少，慢慢吞吞终于上了南岸。

在北岸待命渡河的是野战军总部及六纵部队。连续几天大雨，淮河早已满漕，水流湍急，不可徒涉。敌人将沿河上下船只全部烧毁，几只破损的小划子，修复起来，一次过渡不了几个人，对上万人的大部队来说无济于事。

后来才知道，那个阴沉的夜晚，正是野战军"一号"首长亲自用一根竹竿在测量水情，布置架设下浮桥。他派卫士长送回一张字条，是写给野战军参谋长的："我亲眼得见，一个饲养员牵马从上游不远处过河，并已到达南岸。架桥任务取消，全部徒涉过河。"

受命围追堵截的国军共计二十三个旅，先后抵达淮河一线。其中整编第八十五师走在最前面，眼看解放军登上南岸扬长而去。这个季节淮河本无大水，偏是国军抵达河边，洪峰应时赶到。既不可能徒涉，也无法架桥，这就叫作人算不如天算。

# 第十五章　活在二十世纪的古代野马群

1

人说"鸡叫听三省",形象地道出了大别山横跨鄂、豫、皖边境的地理特征。山脉呈西北向东南的走向,海拔一千公尺左右,为淮河与长江的分水岭。南麓水系汇入长江,北麓水流归入淮河。山南山北气候条件截然不同,生态环境差异十分显著,这一侧山花烂漫,那一边白雪皑皑。

至八月二十七日,野战军十数万人南渡淮河,完成千里跃进的全部烽火里程,进入了大别山北麓的几个县份。

野战军指战员多是晋冀鲁豫农家子弟,他们想象中的大别山与北方一样,崇山峻岭连绵不断。不然!大别山高山面积仅占全区百分之十五,其余多为丘陵地带,谷地宽阔开朗,且有河流漫滩与阶地平原。全区地势较高,水系发育丰沛,所谓"山有多高水有多高"。水稻田从山顶梯次排列而下,阳光辉映如一方方明亮的玻璃。依山傍水处,散落着白墙灰瓦的几家农舍。村庄不拘大小,少不了会有一两个、三四个养鱼塘。你走在塘堰上,常常会看到两三斤、四五斤的大鲤鱼、鲫鱼噌地蹿出水面,在空中划一个弧线,又得意洋洋地潜入水中。

部队根本没有那一份心思来观赏大别山怎样风光绮丽,也无暇领略这鱼米之乡如何富裕自给民风淳朴。尾追而来的国军二十三个

## 第十五章
### 活在二十世纪的古代野马群

整编旅先后压过了淮河，企图以优势兵力，打我们一个立足未稳。为避开当面敌人来势汹涌，部队不得不即刻做最大限度的分遣，给他来一个"麻雀满天迁飞"。

## 2

这是第三次通知进行"轻装"了，第一次是南进出发之前，第二次是千里跃进途中。这一次规定最具体，来得也最彻底，就只剩穿在身上的一套军服了。恨不能要求把军服纽扣也"轻"掉一半，一三五保留着，二四六揪下去。

之前，汪可逾背着她的那一张古琴，走到哪里都会大受欢迎。上大别山以来，她所能得到的舆论，却是那么刺耳。榴弹炮、野炮、山炮炸毁了，军用地图机密文件、一捆一捆的中州币，全都付之一炬了。还会有人背着一件"响器"，在这里晃来晃去，给谁看呢？人们不讲古琴，故意使出轻蔑的用语，称之为"响器"。甚至"一号"也不得不亲自出面，动员汪可逾把古琴"轻装"掉。

小汪终于做出了痛苦的决定，找木工做了一个盒子，约曹水儿一起，选定一个合适的地点，把古琴埋藏起来。他们挖好了一条壕沟，准备把古琴安放下去的时候，小汪忽然提议说："曹水儿！我好久不摸琴了，弹一支小曲儿你听，也早该慰问慰问'滩枣'了。"

曹水儿大喜过望："多谢汪参谋！你弹《关山月》好了，'滩枣'就在那边，肯定能听得到。"

汪参谋兴致勃勃调好了弦，先给出一个空弦音，她久久仰望着夜空，仿佛在目送那个悠长深邃的空弦音飘然而去，直至无限远。

"算了，算了，不弹也罢！"

她忽然丧气地取消了弹奏。此时此刻，随便哪一种乐器，只要你摆弄出声音，肯定就会招致不干不净的一顿叫骂，何苦来呢！

小汪哪里知道，她错过了最后一次机会，从今以后，永远不可能为"滩枣"举办慰问演出了。

说是那么说，执行"轻装"不打折扣。事到临头，汪参谋抱住她的古琴不放手。骑兵通信员知道，一旦事情就此搁置下来，接下去问题大了。汪参谋做得出，不顾"轻装"命令怎样严厉，也不管舆论如何不饶人，全当没事似的，照常背着她的一件"响器"走在队伍里。

曹水儿边说玩笑话，边用力夺过古琴，安放在壕沟里，自管开始在填土了。他有意把土扬得老高，不让汪参谋靠近。又避免看她，任凭她在那里不停地抹眼泪。很快就将古琴掩埋完毕，先用石块填实，表面撒的是一层干土，看不出任何破绽。

一年四季，山川田野变化很大，待下次再来，恐怕认不出原先的地形地貌了，更不必说找寻埋藏古琴的具体地址。骑兵通信员以四周几处景物作为标志，要求汪参谋务必牢牢记下了。为进而确认古琴的地理方位，曹水儿又朝正北方向直线走出九九八十一步，恰可抵达一处山崖，他用匕首在石壁上深深刻下了一个"宋"字。

如果有谁看到了这个"宋"，可能会做出一百种猜想，绝对猜想不出，此处埋藏着一张世间稀有的宋代古琴。

## 第十五章
### 活在二十世纪的古代野马群

### 3

骑兵通信员由不得心慌意乱胆战心惊,他预感到大祸将临。果然!通知下来了,各部队及机关所有马匹,包括各级首长的乘用马在内,必须全部上交,统一做最后处理。不得私自扣留,不得随意放生,也不得有偿或无偿转让给当地群众,那样等于拱手资敌。

马匹已经全部登记在册,只有一匹马没有送来,那就是"一号"首长的坐骑。

远在北洋军阀混战时期,三岁牙口的"滩枣",已经作为军马行列中一位"少年才俊",进入了正规骑兵团队。无论是国民革命军北伐时期,或是抗战八年,又或是在八路军解放军骑兵部队,都曾救护过它背上的骑手免于一死,或曾克服种种困难,设法将壮烈牺牲的主人驮载回营地来。现在廉颇老矣,只落得如此凄凄惨惨,要等候它多年来的役使者们做出"最后处理"!

收缴人员找上门来了。曹水儿为了拖延时间,正把马尾巴编成若干条辫子,像维吾尔族姑娘又细又长的小辫。终于,他还是不得不把缰绳向他们抛过去:"兄弟,有本事你们牵去好了!"

那边两三个人一起拉动缰绳,老军马这里纹丝不动。

曹水儿怎么敢违抗命令,不过是要笑他们一下罢了。为便于统一管理,战马须按序列编号,在臀部烙下一个火印,"滩枣"的火印是"9"号。曹水儿久久抚摸那火印,终于不得不轻轻拍了一掌,"滩枣"顺从地跟来人走了。

骑兵通信员跟随而去，仿佛如平日那样又在遛马。他不愿意让相伴多年的无言战友闷闷不乐地上路，照例吹起了口哨，如伴随着鸟儿高亢婉转的歌声。

选在山洪暴发形成的一个堰塞湖里，来集中处理军马。干涸的堰塞湖三面环山，地形陡峭，马匹不可能攀登。出口方向为一道堤坝所拦挡，机枪连派出的一个小分队，部署在堤坝上，构成严密的火力网，不必担心军马会冲过防线落荒而逃。

也有兄弟部队军马集中到这里处理的。准确统计数字未经公布，一百多匹是有的，要全部给"嘟嘟"掉，一匹不留。起初大家并不在意，到现场一看，军马黑压压一大片，机枪连的老总们才意识到，这是一项"没有屁眼子"的缺德任务，叫人怎么动手！

4

通知规定，送缴上来的必须是骟马，所有装具一律取下，包括缰绳、笼头、马辔、马鞍、马镫等等。马蹄铁早都跑掉了，来不及换钉新掌，一律是光着脚的。也就是说，除去臀部的火印无法取下，为了驭使马匹而强加给它们的大大小小一切器物全都得以解脱了。

好啊！这些骟马，正如活在二十世纪的古代野马群，生理上心理上获得彻底解放，"咴！咴！"啸叫几声，高高蹦起空踢后腿，或是连续做出直立动作，以显示它们如何意气风发、如何激情四射。面对人类这个动物族群，野马群本应当具有十足的优越感，它们丝

## 第十五章
### 活在二十世纪的古代野马群

毫无求于人类,也绝对不会羡慕人类的生活乐趣和一切物质享受。谈论起人类,它们不免居高临下,而又带有些许同情心说:"这些直立行走的人,像畜牲一样凑合着活在这个世界上,也只能是好自为之吧!"

马嚼子冷冰冰勒进了嘴里,野马才恍然醒悟到,千万不可招惹自称"万物之灵"的人。马嚼子,这一项发明,实在说不上是对科学技术的什么贡献。一截小铁链子,左右两头系在马笼头上,又与缰绳相连接,只消拉动缰绳紧勒马嚼子,马奇痛难忍,不得不顺从就范。事情就是这么粗暴又简单,一个动物族群就此被征服了,一代又一代服服帖帖听命于人的役使。

将马类投入战争,起初不甚理想。人骑在光溜溜的马背上,随时可能掉下来。自从制造出了马鞍,特别是出现了马镫,将士与战马才相得益彰,真正形成合力。将士们稳坐鞍桥,双足紧踏铜镫,腾出双手挥戈拼杀,又可借助马的神速远距离奔袭,攻其不备,以突然性取胜。毫不夸张地说,马匹负载力+牵引力+四蹄飞奔的速度,几乎就是一个国家一支军队战斗力的全部了。

北方游牧民族更胜一筹,率先以骑兵取代战车,大幅度提高了机动性与综合战斗力,以五万铁骑踏平大半个欧罗巴。蒙古骑兵每人要携带三匹马——一匹乘骑,一匹驮载给养,另一匹是空马,留待冲锋陷阵时使用。先后打败十万欧洲盟军与日耳曼、波兰、法国联合组成的宗教骑士团,令西方世界瑟瑟发抖。

历代军人们莫不以"戎马一生"为荣耀,马类与人共同战斗,而最终血洒疆场,战马则更毫无保留地奉献出一张完整的马皮,以成全将士们"以马革裹尸还葬"的豪迈誓言。

## 5

机枪连战士们注意到,马群缓缓跑动起来了,开始有些混乱,方向不一,彼此要避让着,才不至于相互冲撞。但很快就一致起来了,近两百匹军马,绕行堰塞湖底做逆时针奔跑。战士们大为惊奇,不见有人加以引导,为什么它们自己竟可以做到如此井然有序呢?

老总们眼前所看到的,已经不是部队的现役军马,而是一个"现代野马群"。显然它们重新感受到了草原古马群来群往狂野无羁的那种热切振奋,感受到了不受任何羁绊而随意放飞自我的那种轻快欢愉。只是遗憾,再无法呼吸到至少是五百万年前无边无际荒野上那么清新湿润的空气。

世界大动物以猎豹奔跑速度最快,一小时四十公里,狮子、老虎次之。它们都是出于捕食的需要,凶恶残暴的样子,除了可怕还是可怕。只有马类是为奔跑而奔跑,自我陶醉。也只有马的体形才会是那样挺拔修长,动作矫健俊美,颇有几分优雅高贵。

因为是在堰塞湖内绕圈子奔跑,随着速度加快,群马身体的倾斜度愈来愈大,更见其超强的腿部力量与平衡感。毕竟各自冲击力有所差异,马群逐渐拉开了距离,看去如一条长龙,尘土飞扬中见首不见尾,十分壮观。

## 第十五章
### 活在二十世纪的古代野马群

盛唐时期，全国共设有驿站一千六百四十三处，规定三十里设一驿。也就是说，快马加鞭，连续奔跑十五公里到头了。要保持这个速度，就必须在驿站换乘另一匹马，不然杨贵妃的荔枝只好烂在路上了。机枪连战士们计算，"野马群"绝不止跑够了一站地，它们仍然如风驰电掣，速度有增无减。

难道它们不懂得吗？马类心脏的负荷能力有限，再这样绕行堰塞湖跑下去，后果不堪设想呀！可叹！它们没有时间了，没有转圜余地了，它们必须压缩在这最后一刻，以超高速，跑完自己一生本应该达到的全数奔跑里程，不留遗憾。

这一群"现代野马"，果然如愿以偿！于是，第一匹老军马咴咴地连声啸叫，口喷鲜血，一头栽倒，气绝身亡，它仰面朝天，四肢不停地抽搐着。紧接着第二匹、第三匹、第四匹，数不清了。

这一幕来得太突然，战士们看得清清楚楚，一个个神经再也受不了啦，恨不能自己也一头撞在墙上，他们咧开大嘴号哭起来。连长担心部队发生混乱，不好掌握，又恐怕军马群乱冲乱撞向四处逃散，那个局面可就难以收拾了。他以焦躁嘶哑的声音下达了口令："各排火力准备——速射！速射！速射！"

战士们紧闭双眼，一边"啊——啊——"发出恐怖而又疯狂的呐喊，一边以肩头抵紧枪托打出连发。班用轻机枪配有冷气设置，能够保持良好的射击密度，绝不会卡壳。弹匣满容量为两百发，不过一分钟，秃噜一下出去了，随手又换上了新弹匣。相距很近，闭着眼睛打，也不会脱靶的。只见马群像一面墙壁似的，应着扫射轰然坍塌下去。接着是挨近它们的又一面墙壁，同样轰然倒下了……

通常情况下，要等待上级检查人员到来，一匹一匹马查验过了，需要补枪的一一补过了，任务才告完成。堰塞湖内这些老军马，都不止中弹一两发，可以省去了检查组这一道程序。

## 6

忽然，一匹战马径直向机枪连阵地这边飞奔而来。战士们猝不及防，高头大马已经冲上堤坝，从他们头顶一跃而过，逃向荒野。大家认出了，正是"一号"首长的坐骑"滩枣"，连长发出命令："打！打！给我打！给我打！"

战士们手忙脚乱猛烈射击，那匹枣红马还在加速飞奔，很快消失在一片树丛后面。上级要求，马匹全部做最后处理，漏掉一匹，事实上等于资敌行为，要以军法论处。战士们全都焦急地看着连长。

"不着急！不着急！它还会露面的。"

只见连长取过机枪，换上一个满装的弹匣，沉稳地据枪等待着，等待着。不多时，"滩枣"果然出现在山梁上，回头向这边张望着，依依不舍的样子。连长动手了，接连打出几个点射，明显没有击中，"滩枣"转身逃走了。

连长是九旅大名鼎鼎的机枪圣手，不知耗费了多少子弹，才练出一手好枪法，可以打点射，挨着个儿给敌人"点名"的。战士们交头接耳在议论，百分之百肯定连长手下留情，故意放跑了老军马。

## 第十五章
### 活在二十世纪的古代野马群

　　这时候，发现骑兵通信员曹水儿出现在堤坝上，大家这才明白，为什么"滩枣"竟能冲过机枪连火力网阵顺利逃走。还用说吗？都是这个无所不能的骑兵老油子干的好事。

　　曹水儿隐藏在一道壕沟里，待"野马群"绕行奔跑过来，他两个手指插进舌下，打响一声尖厉的口哨。"滩枣"会意，转头向他靠拢过来，同时降低了奔跑速度。骑兵通信员一个箭步扑过去，四肢环抱住战马披散的长鬃，仰面朝上，悬空挂在马脖颈上。在马术训练中，这叫作"倒挂金钟"。

　　在这个老资格骑兵授意下，"滩枣"忽然转向朝着堤坝奔来，选择两个轻机枪阵地相邻的空隙处，飞身冲过了堤坝。曹水儿一个就地翻滚留在原地，顺势伏在地上静观动向。直到目送他的无言战友隐没在远处，才站起来把全身尘土拍打干净。没有别人在场的时候，曹水儿悄悄感谢连长说："连长！亏得你放了'滩枣'一条生路，我给你磕头了。"

　　连长一脸严肃地说："曹水儿！这种玩笑开不得，我怎么胆敢违抗上级命令！怪我手丢生了，好长时间没动过'家伙'啦。"

## 第十六章

## 她们来不及照一照自己的面庞

1

独立第九旅竟落到了这一步,整建制转为地方工作,太惨了!

人们无不为齐竞抱屈,我们"一号"在高、中级指挥员里是拔尖又拔尖的,让他下地方,说明上面不拿九旅当主力看。持有此种看法的人不了解,中原局选备地方领导班子,原则就是"好钢用在刀刃上"。就拿齐竞来讲,上边更看重他独当一面的勇气与组织能力,文化根底深厚,在地方政权建设实践中一定会有上好的发挥。地委书记兼军分区司令员,军政"一把手",还要怎么样?

除齐旅之外,每个纵队也都抽调三个团,充实地方武装,繁殖游击战争。又各抽调一千至两千名干部转为地方工作,尽快普遍建立政权。这样,便顺利实现了在敌人纵深处展开战略,集中以应付敌人,分兵以发动群众。

县、团以下干部,由分工委自行任命。这个任命名单真够长的,齐竞出了一头大汗才宣布完了。宣读到谁的名字谁站起来,和大家认识一下,都是茫然不知所措的样子。他们只知道自己被委任为某某区的书记、区长,而除去一个悬空的头衔,其余一概不知。

一位新任的区委书记问道:"一号! 有地图吗? 至少我得搞清楚,给我的那个区在什么方位。"

"你跟我要地图,我找谁要? 先得迈出你的腿,去问路上遇到的

## 第十六章
### 她们来不及照一照自己的面庞

第一位老乡，肯定会给你一个满意的答复。"见区委书记还要争辩，齐竞阻止他说，"好了！我不会再回答你的任何问题了。这里我只再强调一点，区不离区，乡不离乡！任命你的只是你那个区，别的区乡没有你的任务，请切记切记！"

"是！"区委书记行一个正式的军礼，转身大步走去，禁不住发出连连的苦笑声。这叫作什么逻辑？你们的区乡在哪里我管不着，我只管向你们发出警告，无论敌情严重到何种地步，都必须在自己区乡地界以内坚持斗争，离开一步，你就是逃跑主义！

各县、区工作团出发了，一条黄土公路上，人们脚步拥挤不堪。敌人一架侦察机低飞而来，等于是在为随即就会到达的国军大部队鸣锣开道。公路走不成，工作团哗啦一下向两侧分散，顺着一条条山间小道和地边田埂，奔向各自的工作岗位。

2

八里畈区工作队共二十七人。区长兼区委书记是九旅政治部组织科罗科长，男同志都是旅司、政、后机关人员。共有七名女队员，除司令部参谋汪可逾外，两名女护士、冀鲁豫建国学院的四名小学员，另外还有十三岁的小演员刘春壶。彼此并不相识，却胜似兄弟姐妹一样，男男女女搂抱一起蹦跳得老高。

工作队一行到达八里畈已经很晚了，本想不打搅老乡们，先在附近林子里休息一晚，明天一早进塆子（山村）。不想被发现了，特别是那些"基本群众"(穷苦人家),拉着工作队员们的手说:"红军回来了,哪能叫各位同志在山坡上过夜,我们怕要遭天打五雷轰了。"

到底是经受过鄂豫皖苏区斗争洗礼的一辈人,几句言语,诉说不尽的欢乐与辛酸史,都在其中了。这家端来挂面卧鸡蛋,那家端来糍粑咸肉,一通好招待。老乡们还为客人收拾好了住房,那些大姑娘小媳妇更加热情,希望能分到一两个女同志领回家去,她们早在悄悄地谈论:"侉子的妇女,长得几疼人哟!"

大别山老乡管解放军叫"北方侉子",无非是指称操不同方言的人群,并无褒贬之意。

初来乍到,什么情况也不摸底,以防万一,还是谢绝了乡亲们的诚心邀请,决定集中住宿,并且派出了双哨。区委书记亲自带班,他一再叮嘱大家,夜间不能脱衣服,最好鞋子也穿着,耳朵要机灵一点,不可睡得死。

午夜时分,哨兵听到一声响,什么东西掉落到身边。是一块白布条包着一个小石块,白布上写着几个字,模糊不清。哨兵急忙拿给区委书记,打着手电一看,用黑炭写着四个字:"今夜小心"!区委书记劈里啪啦拍打醒了睡在一旁的几个人:"起床起床!立即上山!快!快!"

已经太晚了!四处响起枪声,工作队员们要冲出院门,被区委书记阻止了。他抓起一把竹椅,向紧闭的大门丢去,立即就是一排枪弹穿透了门板打进来。不好!被敌人堵"窝"了,已经不可能从正门冲出去。有几个人要爬上房去,占领制高点,也被区委书记拦下

## 第十六章
### 她们来不及照一照自己的面庞

来了。此地村落多是傍着山坡建起的，你在瓦屋顶上，人家在山上居高临下看得一清二楚，打你个正着。他命令道："翻后墙出去！"

沿围墙生长了一片竹林，工作队员们在茂密的毛竹掩盖之下，搭人梯翻过了围墙，果然找到一条小路，可以通往山上去的。只要上了山，大路朝天各走半边，谁怕谁呢！

刚刚掩护七名女同志上了山，敌人立即从两边包抄过来，打着松明火把，将夜空照得通红，又不住嗷嗷地发出惊恐的呼喊声。工作队员们看见来势凶猛，只得退了回来，依托院墙房屋继续抵抗。

当地民团头头和保、甲长们，为国民党军队筹集了上千斤军粮，军方奖赏了他们几条好枪和一部分弹药，今晚正好用上了。工作队被死死地压制在一个小院子里，几次发起反冲锋，敌人火力很强，总是突不出去。

人员伤亡大半，子弹手榴弹打光了，不得不开始破坏手中武器，把枪支拆散，四下抛出零件。又销毁自己臂章，臂章正面印有"中国人民解放军"七个大字，背面填写了军队建制和个人姓名，不能让敌人拿去任意污辱。

如果是国民党军正规部队，看见对方已经完全丧失了战斗力，一般的情况下是不再射击了。民团乡保队这些土顽武装，从鄂豫皖苏区"防共反共"至今，本能地出于阶级仇恨心理，一个比一个手狠。他们如潮水一般拥进农家小院，对门窗内一阵猛打，直至再也听不到任何一点点动静。

## 3

七名女同志爬到了山顶，山后是悬崖陡壁，再也动不了啦，只好守在这里，等待男同志突围会合。已是拂晓时分，枪声逐渐停止了，八里畈那边灯笼火把照得一片红光，只听见当地人乱吼乱叫，听不到北方人口音，她们预感不祥。

大家目光一致朝向汪可逾，她是司令部参谋，年龄又数她大，自然要她拿定主意，怎么办？汪参谋头脑一片空白："我不知道。你们说，怎么办？"

工作队一名女队员说："我们应该学习'八女投江'！"

"'八女投江'是怎么一回事？"汪可逾问。

"是东北抗日联军的八个女战士，她们的子弹打完了，一起跳进了江里。"有人做出解释。

"我们应当学习'狼牙山五壮士'！"是谁提出了另外建议，"五个八路军战士英勇不屈，打完了子弹，一起跳下悬崖牺牲啦！"

汪参谋如她素常那样，十分平静地说："好吧！到时候，我们先要把手榴弹投出去，然后就像五壮士那样，跳下江去！"

"好！好！好！"女队员们做出庄严承诺。汪参谋把两个故事搅混在一起了，那意思是错不了的。

对于投入战争的巾帼勇士们来说，一旦面临绝境，这便是她们最自然不过的一种共同选择了。如果近水，首先会想到投江一死；如果在山上，她们肯定会借悬崖绝壁结束生命，绝对要避免给自己留

## 第十六章
### 她们来不及照一照自己的面庞

下永远的污点。

战史上多有记载，女战士们在慷慨赴死之前，往往表现出格外的泰然自若，拿出小镜子照来照去，认真梳理好蓬松的头发。希望在保全一个少女身体洁净的同时，最后再照看一下自己的面庞。八里畈工作队的女队员们来不及了，第一个敌人出现了，第二个、第三个敌人出现了，端着枪逼近过来。

汪参谋第一个投出了她的美制MK Ⅱ型手榴弹，外形活像一个青皮菠萝，这是一个防御性型号，杀伤半径五至十码，而弹片杀伤可至五十码。美军士兵投弹后要隐蔽一下，至少也须卧倒。汪可逾投出只有几步远，完全是在杀伤半径以内，她站在那里，傻傻地等待着手榴弹冒烟爆炸。你没有拔去保险销，手榴弹引信依然处于锁定状态，哪里冒得出鬼的烟来？

女队员们也都学着汪参谋，投出了自己的木柄手榴弹。本应当将木柄上的洋铁皮盖揭去，拉出连结着引信的小铁环，套在手指上。投掷出去，小铁环还留在手指上，才说明引信已经被击发，肯定会有效引爆。

她们完成了全部程序，糟了！手指上不见有那个小铁环。

乡保队看见手榴弹一个接一个投过来，趴在地上不敢动。等了好一阵不见响动，才发现投过来的全是哑火弹，引得他们一阵开心地大笑。

只见汪参谋张开双臂扑下山崖，两名女护士和建国学院的四名女学员，也都紧闭双眼跳了下去……

## 4

工作队员刘春壶被俘。不满十三岁,挺进大别山年龄最小的一名野战军战士。

战斗结束,敌人将八里畈新任区长的尸体拉开,意外发现,他用自己身体掩护下来一个孩子,身上遍是血迹,一点也不曾伤着。唯一得以活命下来的这一名解放军"俘虏",被民团乡保队围在中央,取笑他逗弄他侮辱他。一个小队长审问说:"八路小崽子!据实报上你的姓名来!你不张口我也知道,你叫'小尿壶',是不是?"

引发众人哄笑不止,以手势比画出尿壶气味很够难闻的样子。

刘春壶想起了,这家伙昨晚混杂在八里畈村民中,装样子在招待工作团的同志,听到过有人喊他"小尿壶"。他沉着地回答说:"'小尿壶'是你们这些乌龟王八蛋随便喊的吗?喊我'小尿壶'爷爷好了!"

咚的一枪托子,朝着少年太阳穴砸过来,顿时一脸的鲜血,下巴歪向一边去了。他用足了力气,连血带牙齿,噗的一口啐在小队长脸上。几条大汉扑向前来,拳打脚踢,刘春壶口中不停地在叫骂。

如果他只是叫骂什么狗地主、什么反革命、什么流氓地痞,也就罢了。从鄂豫皖苏区时期至今,听这样的叫骂声,耳朵磨出了老茧,毫不在乎了。刘春壶花样翻新地直接咒骂他们的祖宗八代。中国人深受封建礼教的浸染,自家祖坟被人作践,那是绝对不可

## 第十六章
### 她们来不及照一照自己的面庞

接受的。

"这个八路小崽子,你等着瞧!"

筷子粗的一根铁丝,穿透了解放军战士刘春壶的锁骨,牵着他走在游街队伍最前头。还强迫他不停地敲响一面铜锣,不敲就用锥子在他身上乱扎,扎一个洞,便有一股鲜血冒出来。背后有人举着一块木板,上面写着"死刑犯共党区政府工作队员刘春壶"。

这一行人穿过八里畈街市,跟随围观者人数有限,并未造成他们所希望的那种轰动效应。红四方面军反"围剿"失败,撤离鄂豫皖苏区,便不断有留下来的被俘人员、农民协会主席、苏维埃政府委员、红军家属等等,被牵着游街。红军内部开展"肃反"运动,三天两头押解着"改组派""AB团"去处决。同样的场面见得太多太多,人们内心留下的阴沉压抑太深太深了。

当地老乡们,无论倾向于哪一边的,都不再把杀人砍头当作赶街看热闹的事了。

八里畈民团不止一两次活埋过"犯人",多是采取"倒栽垂杨柳"方式,头朝下把人顺下坑去。那土坑是罪犯亲手为自己挖好的,行刑的人只需最后动一下手,用铁锹填填土,就全齐了。这次,民团头头决定换一个新花样,要刘春壶站在坑里,土埋到齐脖梗以下,留一颗人头露出地面,倒要看看,他还能满口喷粪臭骂到几时!

通常土埋至胸脯,人的呼吸就非常困难了。小春壶面部开始变形,五官也扭曲变形了。唯有在如此极端情况下,才得以看见一切语言都不足以如实描摹的这一张狰狞恐怖的人类面孔。也唯有在如此极端情况下，人的喉咙才有可能发出原本不属于人类所有的这样一种狂笑声。

民团乡保队那些人躲躲闪闪，不敢多看一眼。他们魂飞魄散再也受不了啦！他们屙裤子了！他们完全崩溃啦！一个个夺路而逃。

"八路小崽子"的狂笑声，许久许久还在山谷间回响……

## 第十七章 中间地带

1

军分区司令员齐竞接到报告，八里畈区工作队遭受民团武装袭击，七名女同志全部被俘，工作队小队员刘春壶惨遭活埋，此外自区长以下共十九人无一生还。

齐竞好一阵讲不出话。不知多少次听到部队作战失利的消息，得知亲密战友火线牺牲，从没有像这一次，受打击如此沉重。首先令他痛在心头的，是他作为上级指挥员无可推诿的那一份深深内疚与负罪感。

齐竞这才猛然醒悟，在动员大会上，他一味强调了"区不离区乡不离乡"的战斗口号，未能设身处地为基层人员的安危着想。各机关的女同志，刚刚入伍的一批女学生，除去满腔政治热情，没有一点点实战常识。他特别感到愧对惨死的小宣传员刘春壶，令他终日恍惚不安。

至少你应该提醒工作队，下去第一个晚上，最好在野外宿营。也可以选择一个独立家屋，或两三户人家的小塆子住下，放出警戒，许进不许出，休息至拂晓时分上山，视情况进入第二天工作日程。这些要紧的话一句也没有提及，一阵掌声响起，就让大家匆匆上路了。齐竞懊悔莫及，狠劲扯着自己的头发。

分区部队包围了八里畈，俘获到土顽武装头头们的妻女亲属近

# 第十七章
## 中间地带

五十人，一条麻绳拴成长长的一大串带了回来。齐竞让人带话给对方，提出交换被俘人员。如果同意，明天十二时整执行交换，地点经谈判商定。如故意拖延另有谋划，至明日十二时为限，即刻处决所有在押人员，决不姑宽！

不出所料，八里畈保长约请一位老裁缝，作为委托人找来了。鄂豫皖苏区时代，此人便往还于红军与国民党当局之间，联络一些什么事情。久而久之，人们印象中做裁缝不过是他的一个招牌，实际上他经营的是另一个行当——包揽"红白喜事"。"红""白"两方都求得着他，两方他也都说得上话。

在老裁缝奔走斡旋之下，双方谈判进展顺利，很快达成了交换被俘人员的正式协议。

## 2

曹水儿跟随首长参加了这次战斗。

并没有给他分配什么具体任务，全凭个人主观能动性，他抓到了八里畈保长的亲生女儿。这次战斗的直接目的，是以对方家属妻女做谈判筹码，以顺利营救被俘女同志。所以，曹水儿的战果就格外地显得有分量了，八里畈保长会不惜一切，来营救自己的宝贝女儿。

保长一家人匆匆出逃，独生女儿幺妹子不知为什么耽误了下来，垸子里到处是解放军，她走不脱了。十七八岁，思想的活跃远远超出其他年龄段的人。越是遭遇剧烈事变，越是对这个妹子有着莫大吸引力，她认定在凶险可怕的经历中，必将有更多机会实现她许久以来的某种梦幻与臆想。

曹水儿咚的一脚踹开了院门，便看见十分光鲜的一个农家少女，坐在屋门槛上慢慢悠悠在梳头，一点也不惊慌。束得紧紧的布衣内，两个坚实的乳头呼之欲出，扎人眼睛，搁在别的女孩子身上，肯定会想办法掩饰一下。保长女儿说，老子娘给的什么样就是什么样，爱看不爱看，我管不着。

曹水儿用卡宾枪对准了大姑娘，虎着脸子说："对不起，你得跟我走了！"

"解放大军！你们不会要我的，我是反动派，是地主保长家的妹子。"姑娘佯装战战兢兢说。

"没错，抓的就是你这个反动派妹子。对你不起，我得把你两只手捆上。"

"不用！不用！我不会跑的，看见我要跑，你只管开枪。"

"这可不能含糊，你自己找找看，好歹一小截绳子就行。"

"这位大哥！那就用我的裤腰带好了，不妨事的，我提着裤子，一样跟你们走。"保长女儿说着就要动手去解裤带。

"不要跟我耍花招，快找找看，哪怕一截稻草绳都成。"

"有！有！请等一下！"

幺妹子虽生长在地主保长家，看得出农事上的活计都拿得起的。她含了水，一口一口喷水在稻草堆上，抓起湿润的稻草，不过几分

## 第十七章
中间地带

钟,就搓出四五尺长的一条草绳来,肉乎乎的两只手特别灵巧。一边在搓草绳,一边直用眼睛瞟着解放军战士。

曹水儿捆起了姑娘的两手,示意她前面走。女孩再三谦让,一定要解放军同志走在她前面,她一时进入不了自己的角色。曹水儿粗暴地推了她一把,保长女儿看见黑洞洞的枪口对准了她,这才意识到,不可能允许她跟在当兵的背后,那样算是谁在押送谁呀?

"解放军大哥! 枪口不要对着我的后脑壳,麻酥酥的我怕。"

3

夜间,家属妻女全部关押在一间大屋子里,上了门岗,四周又放了步哨,有干部轮流巡查。尽管是在这样严加警戒的情况下,不难猜想,应该要上演的故事,果然还是顺理成章演出了。

前一班卫兵把房门钥匙交在曹水儿手里,便睡大觉去了。曹水儿开门进了"牢房",他的手电筒光柱在人群中扫过来扫过去,吓得那些女人连忙用手捂住了脸面。

"解放大军,我要屙尿!"一个女人在黑暗中喊叫。

"谁拦着你,这里不是有尿桶嘛!"卫兵回答。

"这多人看着,又听得到声响,我尿不出来。"

"啰嗦! 跟我来!"卫兵很不耐烦地应许下来了。

女囚犯们全都嚷叫起来,要求同样给予方便。她们当然希望相机逃走,至少可以离开这闷热难当汗臭气扑鼻的房屋,在院子里透一透气。曹水儿不予理睬，关上房门，咔嚓一声上了大铁锁。一个骑马蹲裆式，让保长女儿猴在他脊背上，驮载着他的猎物径直走进了厨屋。

如同大别山农村通常的样子，这家人的灶火台上并排安了一大一小两口锅，小锅做饭，大锅很深很深，主要是用来煮猪草的。灶火台尺码足够宽裕，正好可供这一对彼此完全陌生的男女共度良宵。

从哪里飘来一缕幽香，淡淡的。这是骑兵通信员从未领略过的。在他所知范围以内，找不出任何一种芳香可以勉强说与之相近似。如同藩属国向他们的宗主国朝贡，妙龄少女倾其所有珍藏，奉献给降伏了她的这位强大帝国的年轻君王。于是曹水儿武断做出结论说，黄河以北种不出这样上好的"香瓜"，只有大别山的雨水田土，才能够生长出世间稀有的这个优良品种。

保长女儿也给曹水儿打出了高分："第一眼见到你我就晓得，这位侉子大哥，你还真是够蛮的咧！"

文艺演出中，一个节目结束，掌声如雷总停不下来，便可重复表演一次，或是重复最精彩的一个片段，演艺界称之为"返场"。如果几次"返场"下不来，那无异于对演员的最高褒奖，足以令他们自我感觉良好，以至显露出趾高气扬的架势。

曹水儿向女人要求"返场"，对方拒绝了，推说她痛，生痛生痛的。曹水儿扑哧一声笑了："隔着院墙也看得出，你压根儿不是那种规规矩矩的女人。"

保长女儿翻转身来给曹水儿看，她后腰上确有红肿，鼓起好大

## 第十七章
### 中间地带

一片。曹水儿这才想起,大锅的锅盖上,有一道高高的横梁,把女人给硌伤了,看来伤得不轻,只得就此作罢。这一双男女彼此会意,禁不住要笑,随又同时伸手过去,捂住了对方的嘴巴。

4

交换战俘在"中间地带"进行。所谓中间地带,即是划出一条中间线,两方同时送出被俘人员,各自在所在方一侧正式接收。经双方同意,中间线划定在一座古老的石拱桥上。

我方被俘的是七名女性,对方被俘人员哩哩啦啦好长的一支队伍。后边的是那些小脚老太婆,艰难地移动着她们歪歪扭扭的步伐,年轻妇女们跑得飞快,早已到达拱桥了。老裁缝忙前忙后,一边查点着人数,还要负责维持秩序。

保长女儿忽然喊叫起来:"我不回屋头去!我想留在这里!"

"啊呀幺妹子哎,你讲的这是么子疯话!"

老裁缝比谁都更加着急,他按了手印的,保证把人质如数交换回来。别的人或许还有松动的可能,唯独保长女儿,老裁缝必须与她爹娘老子当面交割清楚,不能从他手上走脱了人。

姑娘又说:"实话对你讲,我和一个侉子大哥好上了。大叔!成全了两个小辈人该是几好哟!"

这一下触犯了众怒,女人们纷纷叫骂起来:"哪个不晓得你在厨屋里干的好事,还有脸自己讲出口来!"

"解放军见她小小年纪，该还是没人动过，天大的笑话！"

"尽管走她的，八里畈不留'皮襻客'（乱搞男女关系的人）！"

老裁缝严正警告说："幺妹子！莫说你们玩的是个'未婚'，就是明媒正娶过门了，我也得把你拉回去。眼下是在两军阵前，你看不见吗？两边队伍都埋伏在山包后面，弄不好要开枪的！"

女人叉开两腿坐在地上说："我走不动路，你们抬我回去好了！"

老裁缝实在没有主意了，想把这个棘手问题转嫁给谈判对方。他改以和蔼的口气与保长女儿商议："姑娘！既然你和侉子大哥有了这一层关系，不如干脆就当解放军女兵好了。你去问一问，解放军同志会很高兴收留你咧。"

保长女儿异想天开，她的小算盘打的正是这样，她走向解放军谈判代表，要正式提出要求。军分区代表抢先郑重声明说："这一个妇女编号是33，两方交接过了的，再发生什么枝节问题，我方概不负责！"

老裁缝又心生一计，他向几个年轻妇女使了使眼色，女人们会意，把保长女儿拖过了中间线，拳打脚踢个没完。保长女儿认出了，这些年轻女人，多是因为嫉妒她生得标致，她心里明白，由着她们的性子，不把她打个半死不会罢休的。

"我回去就是！"保长女儿主动迈步过了中间线。

# 第十八章 零体温握手

# 1

军分区司令员齐竞举着望远镜,观察了交换人质的全过程,部队隐蔽在他身后的一片山林中,随时准备应对不测之变。

被俘人员出现在"中间地带",六个女同志走在前面,最后是一副担架,四个人抬着,便是身受重伤的汪可逾了。已经是第五天,她仍然未能苏醒过来。汪参谋跳崖的地段比较陡峭,受伤严重。其余的人,顺着斜坡翻滚下来,便看见敌人已经端着枪等在那里。

女工作队员与"一号"首长相拥大哭不止,怎么劝解也都无用。不必去问,要成年未成年的学生娃娃,哪里承受得起人生中如此耻辱不堪的精神重负。齐竞如同一位老父亲那样,拍拍她们每一个人的肩背,一再重复说:"我代表大家,欢迎你们归队!欢迎你们归队!"

晚上,地委机关的几个女同志受命来陪同被俘人员,害怕她们一时想不开,会采取什么极端行为。女人和女人凑到了一起,气氛就完全不同了。并没谁来追问她们,自己失去控制,主动哭诉起了怎样遭受强暴,自己怎样拼死反抗。

直到现在,汪可逾被俘的具体经过尚不清楚。人们只是猜度说,国民党乡保队那些家伙坏透顶的了,还能饶得了她吗?又据说国军

## 第十八章
### 零体温握手

一位上校女军医一直在给她治疗,还有被俘的两个女同志陪着,给她收拾屎尿。也都是只言片语,前后矛盾,很难讲了!

军分区领导层统一了认识,对被俘人员免去"甄别",不再进行政治审查,仍应视为革命战友。遭受奸污,不是她们的错误,作为阶级姐妹,她们应当得到同情与关心体贴。总还是有那么一些人,显示自己思想觉悟比谁都高,六亲不认,不肯轻易放过她们。见被俘女同志洗完了澡,便阴阳怪气地议论说:"洗了又洗,有什么用?凭你用完了几块肥皂,白洗!"

听到了这一类闲言碎语,她们又在大哭,不吃不喝。劝解的话也就是那一些,再讲也无益。齐竞忽然明白过来,她们很难自行走出痛苦的深渊,唯有送她们走上工作岗位,让她感受到组织的真诚信任,找回了起码的自尊,才可能从内心踏实下来。

司令员齐竞亲自向被俘人员宣布:"分区党委决定,汪可逾同志伤重,暂时随分区机关行动,其余六位女同志仍然回八里畈区工作,一切照旧。新的八里畈区委班子已经组建完毕,你们几个收拾一下,随时准备出发,和全区人员一同发起第二次冲锋。"

由哭泣不止一变而为充满了幸福感的一片欢呼。新建八里畈区工作队的六名女队员打好了背包,等待上路,恨不能立即投入战斗。她们根本不会往另外一方面去想,假设故事结局恰是她们最最不可接受的——厄运再次降临,她们第二次被俘,又当如何呢?

孰料,过了不到两个月,她们又一次被俘了。

2

国军整编第五十二师当天在八里畈驻扎，乡保队人员用担架把汪可逾送到师部，要求给予协助救治。

南京国军联勤总部一位教授级的上校女军医，随五十二师来前线部队轮转巡诊。汪可逾有幸，正是这位外科专家为她做了全面检查——严重脑震荡，引起颅压增高昏迷不醒，断了四根肋骨，左小腿骨折，右肩绽开十几公分的一个裂口。当即实施了止血清创，注射了盘尼西林。由上校亲自做了左腿骨折复位，用夹板固定好了。

上校军医预定目标，不完成五千例手术不回南京，统算下来，这个女八路是她至今第九百九十九个手术的接受者。

忽然发现伤员睫毛一下下在闪动，仿佛轻轻推开两扇窗户，观望外界，一切那样陌生、那样模糊不清。手术医生穿的是白大褂，一头长发被白布帽严严包着，汪可逾无法认出国军上校，只道这是一位白衣天使，脸上露出了她的标志性的一笑。

头部受到猛烈撞击，一种是永久性失忆，一种是暂时性失忆。还有一种，失去了近年的记忆，孩提时代记得清清楚楚，或只是牢记着某个特定时间特定经历。汪参谋属于最末一种，她记忆的蒙太奇切回到了两个多月以前的黄河渡口，只听她断断续续说："没有接到命令，是我……个人决定开船的，那么多人被……被淹死了，而我还活着。"

# 第十八章
## 零体温握手

被俘的一个女同志上前安慰她说:"汪参谋,无论从哪一方面看,都不能讲是你的错。妇女和非战斗人员必须尽快送回北岸,你决定开船是对的!"

伤员只有短暂一刻苏醒,随即又昏迷了过去。从她梦呓般的一番话语,上校大致上弄明了黄河渡口那一桩令人惊心动魄的翻船事件。这个十八九岁漂漂亮亮的女参谋,给她留下了极深极深的印象。在她看来,假如有人告诉女参谋,只要你肯交出自己生命,便可以挽回"黄河桃花汛"的大灾大难,女孩子会送出一个甜蜜的微笑,而毅然赴死!

上校女军医轮转来到了第八十五军一一〇师。该师于一九四八年冬初,在淮海战役前线宣告起义。部队刚刚拉过来,她便开始在解放军野战医院接受任务。至今,她已经累计为伤员做手术两千九百余例,其中国军和解放军官兵,两方面数字基本持平。

女军医一直惦念着她的第九百九十九例,她终于查访到了"齐旅"。所有她能接触到的人,同样回答她说,那个名叫汪可逾的女同志在大别山光荣牺牲了。怎么死的谁也说不出。她又找到旅长齐竞去问,首长不想与任何人谈及有关汪参谋的任何话题。她再三恳求,对方干脆回话说:"九旅压根儿就没有这个人!"

上校百思不得其解,恍惚间她意识到,这一种状况想必正是顺应了死者所愿。她静静地来了,又飘忽而去,不在这个世界留下痕迹,一丁点儿什么也不留下。

## 3

部队已经断绝了药品供应，连红汞碘酒都很稀缺的了。要感谢那位上校女军医，留给汪可逾好些消炎药，还有换药的纱布条等等。当然，她不敢公然把药物资助共产党，是用一件破蓑衣包裹着偷偷放在她身边的。

伤筋动骨一百天，更何况一个多月来总在频繁转移，汪可逾至今还是离不开担架，只是苦了抬担架的几个人。为了保证倾斜度不至于太大，以免将坐担架的人翻下深谷，他们需要完成一连串高难度动作。上坡，前面两个人须是四肢着地，尽可能降低高度。后面两个人则要将担架举过头顶，尽可能推升高度。下坡，则是前面两人高高举起，后面两人要蹲身下去，蜷着小腿走，或者干脆坐下来，屁股一点一点挪着往前去。更何况夜色沉沉，雨淅淅沥沥下着。

为保证一线战斗力，齐竞下令抽调干部来组成担架队。还讲什么抽调！连他这个一把手也都算在内了。齐竞不同于那些工农干部，担架一上肩，就歪歪扭扭很不在行的样子。加之天热烂裆，行动很有些不便，脚也扎破淤血了，每踏出一下都得咬定牙关，一步一个血印。

"我的腰要断了！"听到首长悄声在叫苦，警卫员曹水儿连忙上前把担架接了过来，让他喘息一下。

齐竞一脚踩空，整个担架险些来了一个底朝天，弄不好会把伤员扔下山沟去的。他吓得一身冷汗，禁不住惊呼出声。汪可逾在夜

## 第十八章
### 零体温握手

暗里听出了,她撩开雨衣在大叫:"停下!停下!"只好找一块平地,把担架放了下来。

"汪参谋!怪我怪我,把你给吵醒了。"司令员抱歉说。

"'一号',我再也不坐担架了!让曹水儿给我弄一副拐,我自己能走。"

"你开什么玩笑,你这条腿不想要了?"

"宁可在地上爬,也决不让首长再来抬我!"

曹水儿说:"汪参谋!首长参加担架队,不是一天半天了,他不抬你,肯定还要去抬别人,不是一样的吗?"

4

汪参谋担负不了其他战地勤务,打草鞋她行。从"一号"到指挥部参谋警卫人员,都由汪可逾包揽下来了。每人还可以富余两三双,串在皮带上,跑着跑着草鞋烂了,随手换一双新的。

汪可逾摆开摊子在打草鞋。"一号"来了,也在腰间系起一条麻绳,坐下来一起打草鞋。

"首长找我有什么事吗?"汪可逾颇有些敏感。

"你现在唯一的任务就是养伤,有什么事儿也找不到你头上。"

"不!好久了,'一号'像是有话要和我讲。凭我的直感,应该和我们几个女同志被俘的事情有关,是吗?"

齐竞原本是想坐下来,天南地北兜圈子,慢慢寻找一个合适的插口，很自然地进入他难以启齿的这一个最尖锐不过的话题。不想先被汪可逾把话挑明了。他以随随便便的口吻说："好！既然这样，我们就聊聊，有话讲开了才好。"

"领导上讲了，对被俘人员不做政治审查，是这样的吗？"

"谈不上什么政治审查。刚刚入伍的小女孩子，什么都不懂。就是有泄密行为，也泄不到哪里去。此外，那就是涉及遭受强暴的事情了。这一方面的情况，个人都有了一个负责任的交代，不必再徒劳无益难为她们。"

"被俘以前，我已经处于昏迷状态，始终没有苏醒。和她们几个一样，向组织上做出一个负责任的交代，我做不到。"

"当然当然！小汪你不要误解我的意思。几个女同志遭到强暴，完全是她们主动讲出口的，没有谁追问过一句话。"

齐竞用语尽可能含糊不清，汪参谋已经清醒地意识到，对方并不是站在"一号"首长的地位，和一名下级干部谈话。而是作为一个男人，一个与她建立了某种关系的男人，在对女的一方进行至关重要的审查与鉴定。她十分平静地说："看来领导上有意给我一个申述的机会，不！我不需要为自己做什么澄清与表白。既是不省人事，也就被剥夺了发言权，我不能单凭一张口，否认客观事实。无论最终对我做出怎样的处置，我都不会提出异议，我没有任何依据，我什么话也说不出。"

"什么处置不处置，不存在这个问题。小汪！我借用一个不恰当的比喻：一块璞玉，仅从表面纹路，观察不出一个所以然的。锯都锯

## 第十八章
### 零体温握手

开了,仍然闭着眼睛,说不晓得这石材的成色如何,怕就说不通了。生理上的重大变化,自己了解最真实,怎么可以任凭别人胡乱加在你名下一笔糊涂账呢?"

听上去似乎是在为汪可逾辩护,实则咄咄逼人,是在诘问她追究她。汪参谋愤愤然急欲离去,刚要翻身起来,趔趔趄趄,才知道自己一条腿无法支撑身体,齐竞急忙扶住了她。

"小汪!小汪!"

汪可逾极力克制着,没有哭出声,擦抹着眼泪说:"首长!你这一番言辞,如果是别人转达给我,无论如何我也不相信是你讲的。谁都有可能,你却不可能讲出口的。可是,让我说什么好呢?我很懊悔,如果今天我不在这里打草鞋,你也就找不到这个空闲时间,跟我讲起这些。"

齐竞连忙解释说:"我自己也不理解,一旦接受了某种陈旧观念,要从意识中去除很难。总还是认为,所谓'初夜落红',是最洁净最珍贵最神圣的一种纪念物。我设想,如果真的有那一天,应该用一整包药棉保存下来,装在一个铁匣子里……"

汪可逾愤怒已极,两手紧紧捂住了耳朵,口中不停地发出:"哎呀!哎呀!哎呀!"一连串难以入耳的惊愕之声。

"对不起!请汪参谋原谅!我本想做一点说明,语言上反而来得更加污浊不堪,让你无法忍受。我自己也不知道为什么,好像不彻底自我暴露不肯罢休。"

"不!我的履历表上增添了最污浊的一页,不能指望别人使用优美的诗行和我谈话。不过我要请问,是谁赋予你这样的特权? 凭什么我应该被你所笼罩? 凭什么我只能受你的摆布? 凭什么我必然要为你占领? 而且还要预先签立城下之盟,保证自己白璧无瑕?"

"当然,你需要把话讲得恶狠狠的,否则不足以表明你蒙受了不公正待遇。请站在我的位置想想,关联到一个男人,无异给他留下了一个永久不愈的疮疤,他只能从绝望走向绝望。"

"我懂了,我懂了! 面对现实,你不得不默认下来。只不过还存在最后一点自欺欺人的侥幸心理,只要我肯赌咒发誓,保证自己清白,便可以彻底抚平你的永久性疮疤。对你首长不起! 如果我受到侵犯,因为失去知觉,不可能做出哪怕是一点点微弱的反抗。此外还能证明什么?"

齐竞待要发作又未发作,埋头在自己膝盖上,不再作声。

汪可逾也把身体偏向一边,不愿再多讲一句话。

还是汪参谋打破了僵持局面,无限感叹地说:"首长从不屑于担任副职,在你个人的成长发展进程中,总是能够挥洒自如占据上风,成果拿不到手,决不停止你的攻势。你亲自指挥过多少漂亮仗,总是能够压倒一切敌人,不被敌人所压倒。可是在八里畈区,你只能是一败涂地,万劫不复。"

齐竞两手颤抖着,用烂糟糟的烟叶末和一块草纸,卷了一支"香"烟,一口接一口猛吸。平时当汪可逾的面,他总是忍着,从不会点起这种令人窒息的卷烟。

"我有一句话要问首长,请坦白回答我。"

## 第十八章
### 零体温握手

"你讲！"

"实际上你内心想的是，从八里畈交换回来的这个汪可逾，要么是一个完好的女人，要么干脆就是一具女尸。是这样的吗？"看见对方欲随口作答，汪可逾伸出一个手掌堵在他口边，"不忙讲话，请你望着我的眼睛，直直地望着，不要回避我的目光！"

两人彼此相逼视，如霹雳闪电一般撞击出了耀眼的光亮。并没有相持多一会儿，分区司令员齐竞双目低垂下来，全线溃败。他沉重地点点头，不得不承认了下来。

"齐竞！我从内心看不起你！"

这是汪可逾对"一号"首长所能讲出的最为严厉的一句话了。她不曾学会恶语相对，唾骂对方一番，也不可能使用什么更为决绝的言辞了。够了！足以等同国与国之间一份正式的断交照会。

齐竞原本一直抬不起头来，既然女方把话讲到了这个份上，反而让他心生了一线解脱感。他有意夸张地苦笑一声，表明对方的决绝并不让他感到意外。也好，自此两无牵涉！他站起身欲扬长而去，却又将右手伸给汪可逾："你不乐意，就不必迁就我。"

汪可逾并未抬起头，只是默然地伸出了右手。

并无道别的言语，彼此感受到对方手心传递过来的，纯属零度以下体温。各自心里明白，这是他们此生的最后一次握别了。

## 第十九章 找回你昂首阔步的雄性姿态

1

齐竞接到通知，要他前往光山县王家大塆，参加野战军"前指"召开的旅以上干部会议。

各路"诸侯"以急行军速度赶到王家大塆，直接进入了会场。大家纷纷抢上前去，与野战军司令员政委握手。绝不想会碰了一个钉子，"一号"首长根本不予理睬。"老总"们一个个愣在那里，伸出去的手收回不好，不收回也不好。

轮到"一号"讲话了，他劈头就说："今天开的不是握手的会，不是请安问好的会，今天开的是安卵子的会。我们一些干部，不知怎么变得不像是一个男人了，遭遇敌人强硬不起来。勇敢的'勇'字怎么写？是男人头上扎一条英雄巾。畏首畏尾，恐惧避战，保存不了自己！"

上山以来，野战军连续举行三次作战，均未达成全歼目的。缺乏山地与水田地带实战经验，是一个客观原因，主要是对无后方作战的严峻局面准备不足。在黄河北，你挂花了，民工担架队立即送到急救所，进行包扎止血后，重伤可以转到后方医院去。现在，对不起，哪里来的那么多担架抬你！所以部队流传一句话："'挂花'就等于'光荣'（牺牲）！"在这种恐战惧战心理支配下，前怕狼后怕虎，腰来腿不来，眼睁睁坐失歼敌良机！

## 第十九章
### 找回你昂首阔步的雄性姿态

野战军"一号"用手帕擦拭着他正在发炎的假眼,又说:"出发前我就讲了,为完成这一次新的战略任务,我们野战军就是打光了,也是完全值得的!这个决心,如果有哪一个动摇了早讲话,我不勉强你阁下!"

到会的中、高级指挥员,追随这位独眼龙老将军多年,从未见过他摆出这样一副怒不可遏的威严面孔。"老总"们被骂了一个昏天黑地,但整个会场却一扫丧魂失魄的低沉气氛,顷刻间振作起来,找回了他们昂首阔步的那种雄性姿态。

### 2

野战军"前指"会议对齐竞触动很大,开会回来,他立即着手整肃战场纪律,采取各种方式激励部队斗志,却不见明显好转。

分区部队夜行军,发现有手电筒光亮,发出口令:"往后传,不许打手电!"过了一会儿,发现后面部队没有跟上来。如果原地等待时间过长,很可能遭遇敌人特工队穿插行动,把部队搞乱,再无法收拾。他不得不决定前队改为后队,掉转头跑步回去,力争在最短时间内会合一处,再做定夺。

部队会合了,逐个儿人追查。口令"向后传,不许打手电"没传几个人,变成了"向后传,不许大小便"!不知哪一位仁兄,心想既然不许大小便,可见前方情况严重!于是口令改成了"原地向后转"!再传下去,便只剩了催促起哄:"快跑!快跑!"

是谁第一个发出"原地向后转"口令的,无人承担这个责任。

夜间宿营,安安静静的。忽然有人在催促:"快!紧急集合!紧急集合!"部队集合完毕,负责指挥的参谋长竟然不知道是谁下令部队集合的,请示"一号",连司令员齐竞也不清楚。闹了个天大的笑话,并无命令,部队却哗啦一下行动起来,迅速列队待命出发。

逐个查问,干部战士都异口同声说,他听到了紧急集合哨声,不住地在吹。值班的作战参谋急得直跳脚,哨子在他口袋里,拿都没有拿出来,可是人人都听到了他的集合哨,并且是越吹越紧。这岂不是咄咄怪事!

一点也不怪,在旧军队里,这叫作"炸营"!因为心理过分紧张,恍惚之间,很容易把疑心听到的紧急集合哨当作了真实的。个别人会这样,不可能那么多人全都听错了。既然那么多人同样紧张过度,他们同样陷入幻听状态,便是再自然不过的事情。

当面敌情愈加严重,军分区只得做进一步分遣,以小分队行动为主,各区县工作队分散开展工作,尽可能避免集中。可是,军分区决定很难落实下去,头天晚上握手告别,次日夜间又不约而同全都向指挥部靠拢过来。惊弓之鸟,漏网之鱼。齐竞大发雷霆说:"要我拿棍子赶你们走吗?要我把你们推下山去吗?要我朝你们开枪吗?我听你们的。你们都不讲话,怎么办?看来我们只能抱作一团,与敌人来个同归于尽,万事大吉,革命成功!"

## 第十九章
### 找回你昂首阔步的雄性姿态

3

最迫切需要解决的一个问题是,近二十副担架,如果继续随队行动,非把分区拖垮不可。必须来一个快刀斩乱麻,能够坚持行军者留下,重伤重病者无一例外,一律作"分散安置"——分散隐藏在可以信赖的贫雇农家里。一切费用都折成钱币,出具欠条,日后由地方政府加倍归还。

只有汪可逾,属于极个别的特殊情况,由"一号"拍板,留下她的一副担架,仍随军分区指挥部行动。

从苏维埃时代起,民团武装就把搜查"分散安置"的红军人员当作一种游戏,已玩得滚瓜烂熟了。无论你隐藏怎样巧妙、保密怎样严格,终逃不过他们的手段。被安置户出卖,也并非绝无可能。汪可逾明明知道会是凶多吉少,仍一再向领导要求分散安置。

司令员齐竞陷入深深的内心矛盾。那么多重伤员,为什么只有一个人可以破例?无论如何是说不过去的。另一方面,他不得不犹豫再三。决定汪参谋分散安置,岂不等于明白宣告,因为恼羞成怒,借此机会把人推出去不管了?

汪参谋争辩说:"首长!不要讲是我,换了另外任何一个人,也不会如此麻木不仁,情况这样危急,要四名担架队员抬着自己。"

"在你,当然会是这样想,不让我为难。在我,总不能显得那么自私、那么冷血!"

明白的这个话里有话。为汪可逾保留一副担架,显然这是出于齐竞个人的一种隐秘意图。借此平衡一下他给汪可逾造成的内心创伤，以便找到心安理得的感觉。

汪可逾更来气了："首长！你真的认为你可以把自己的任何图谋强加给我吗？你真的认为我只能接受你的特别关照，只能接受你的特别保护吗？"

"一号"沉重地说："看来，不是什么安置问题，是你要尽快离开指挥部，尽快离开我！是不是？"

4

汪可逾扶着双拐，跟跟跄跄要独自上路，旁边几个警卫人员赶忙把她拦下来。汪参谋与分区司令员背对背站在那里不动，部队集合完毕，等待下令出发，两人却仍然僵在那里。骑兵通信员曹水儿急坏了，上前一步说："'一号'！要不，我和汪参谋组成一个小分队单独行动，我背着汪参谋，保证完成警卫任务。"

这实在是一个好主意。既不须勉强汪可逾分散安置，又不必为她保留一副担架，一切迎刃而解。曹水儿单人独骑护送汪可逾直抵大别山，两人一起坚持反"围剿"斗争，也应该毫无问题。齐竞直直望着汪参谋，不知她是否通得过。

"如果首长批准，我没有意见。"汪参谋望着天上说。

"好！我们就这么定下来！"司令员拍板了。

曹水儿将卡宾枪、"二十响"、五个弹匣连同武装带，以立正姿势

## 第十九章
### 找回你昂首阔步的雄性姿态

交给"一号"首长。警卫员离开,必须将枪械子弹全部缴回。

齐竞随手接收了下来:"曹水儿,需要什么,你提出来。"

"有首长这个话,我可就要狮子大张口了。"

"你只管讲!"

"一个军用水壶、一个搪瓷缸子、一只手电筒、一盒火柴、一包蜡烛、一块油布、一把匕首、一柄圆锹,全在我这里。首长点头,我留下来就是。"

其余都是日常生活用得着的。一柄圆锹,有什么用场,值得特别提出来呢?一般人不了解,只有曹水儿这样的老兵油子才知道,圆锹的妙用实在是数说不尽的。在丛林中行军,要靠它削劈出一条路来。上了火线,几分钟挖成一个掩体,大大减少了伤亡的可能性。进入白刃格斗,一柄称手的圆锹舞弄起来,决不下于一柄三棱刺刀。

"没有问题,你全拿去!"

司令员将缠在腰间的米袋子解下,从里面倒出五块银元,又随手打开了勃朗宁子弹盒。小盒里装的是四两大烟土,这是军分区部队的给养,由几位主要领导同志分别带在身上,以备不时之需。凡遇有各种各样无法预想的最后关头,一小疙瘩烟土便足可交换一条人命的。齐竞将五块银元和几块烟土交给曹水儿。

"我用不上!我用不上!"曹水儿推回"一号"的手。

汪可逾早已是极不耐烦:"曹水儿!我们走了!我们走了!"

"拿着拿着!又不是给你的。"齐竞把烟土塞回曹水儿手里。

"是是是,我就先拿着。"

"曹水儿！走了走了！"汪可逾又在催促。

"是是是，我们走！我们走！"

骑兵通信员不免犹豫起来。以他强壮的体力，背一个女同志上路不在话下。问题是他必须倒背两手，十指成交叉状，托住汪参谋的臀部，或是两手从左右揽住她的大腿，这样才能使得上力。令他为难的是，他汗津津的两只大手，只要触及汪参谋臀部或是大腿，便是对她最大的不敬，他无论如何做不出这样的动作。

扭头看见汪参谋的一对木拐，好，有主意了！他从背后将一对拐横过来握着，做成一条没有腿的长板凳，伤员便可以虚虚坐在拐上。这一来至少省下了一半气力，汪参谋也放松多了，不必两臂紧紧绕住曹水儿的脖颈。

曹水儿知道，"一号"还站在那里目送他们。本应当转回身去，让汪参谋向首长道一声再见。随即又意识到，那是犯傻，于是曹水儿头也不回，背着汪参谋大步流星朝前去了。

# 第二十章 大别山主峰在烈焰升腾中迅速熔化

1

从此,这一男一女两个人,开始以一种崭新的生活秩序,共同度过每一个昼夜。

他们整天在山野间兜圈子,寻找适合藏身之处。傍晚,肚子饿得咕咕叫,迫切需要解决一下民生问题。曹水儿将汪参谋安置在一个烤烟房背后,嘱咐她在任何情况下都不要动窝,由他独自去完成第一次"武装化缘"。

他从院墙上跳进去,把守住院门口。先了解一下,这家只有一个中年妇女和她十五六岁的伢子。他动员女主人给弄一点吃的,干的稀的"随老板娘子(对女主人的尊称)的便"。

老板娘子不敢怠慢,连忙点火做饭。她不晓得,灶屋里冒烟出去,会引起敌人注意。曹水儿一再阻止,她还是坚持要点火。

"我说了不许点火,你一定要点吗?"曹水儿一双眼睛瞪圆了。

女主人完全出于好意,不给解放军吃冷饭,懵懵懂懂地说:"不点火,不点火!我找找看,总该有一点什么可吃的。"

这家儿子要到牛屋去加饲料,曹水儿不许他开门,说等我走了你再去不迟。这伢子不懂道理,冲上前就要拉开大门,骑兵通信员一掌把他放出去好远,随即从皮带上抽出那把圆锹,要动手的样子。母亲吓坏了,连忙把儿子推进屋里去了。

## 第二十章
### 大别山主峰在烈焰升腾中迅速熔化

女人倾其所有，用筲箕端出一些剩饭锅巴，一碟腌制的臭豇豆，一碗汤汤水水的小油菜。曹水儿也不客气，用毛巾包好了米饭，菜汤装在他的大搪瓷缸子里，撂下一句"多谢老板娘子"，拉开院门飞奔而去。

2

当晚，他们在一座坟丘后面宿营，一般人不愿意靠近这种地方。

曹水儿铺开军用油布，上面厚厚堆了一层干树叶子，让汪参谋和衣睡在上面，草鞋也不脱。俩人头顶头睡下，感觉上彼此之间被隔离开来了，实则这样相距最近，闻得到汪参谋一头长发的气息。一旦有什么动静，不必出声，伸手触动一下对方的脑袋就知道了。

汪可逾要上厕所，随时随地，没有问题，只不过曹水儿需要离开一下。解大便可就复杂了。曹水儿先要选好地方挖一个茅坑，完了用土平平地埋好，再撒些干土草叶上去。让敌人看出一点什么迹象，必定会遭到跟踪追杀。

第二天，他们赶早就"起床"了。曹水儿借着曚曚曙色向周围张望，忽然注意到了什么。汪参谋问他发现了什么情况，他不作答，自管四处走动着留意观察。

经过一九四二年太行山反"扫荡"，曹水儿掌握了一项专门知识，知道什么样的自然条件地形地貌最适合放火烧山。他注意到，此地全是茂密的原始山林，间有马尾松和荆条杂草，如果敌人放起了火，很容易无边无际延烧开来。

为了作进一步观察,他们登上最高的一座山,放目瞭望。果然,发现山梁上正在筑起的圆柱形碉堡,每隔两三公里便有一个。现在可以肯定的是,国军即将在当地上演日军侵华总司令冈村宁次的谍报网、公路网、碉堡网等一整套传统戏码。

为了彻底粉碎共军建成大别山根据地的战略意图,确保长江大动脉畅通无阻,南京当局组建了"国防部九江指挥部"。由国防部长白崇禧直接掌管豫、皖、赣、湘、鄂五省军政大权。共调集三十三个整编旅,以所谓"总力战",对大别山腹地进行剔抉式的大规模"清剿扫荡"。

一个骑兵通信员,当然不可能得知南京政府的重大战略部署,也不曾有过类似的通报。曹水儿却凭他一个老兵对战争的高度敏感性,准确判断出了,白崇禧在九江指挥部作战室军用地图上指指戳戳的,正是他脚下的这一片山林地带。

他不由怦怦地心跳,在"一号"面前夸下海口,保证汪参谋安全,现在才知道,说得轻巧,吃根灯草!

"汪参谋!你是这里最高首长,我得向首长全面汇报一下了。"

汪可逾从未看见过骑兵通信员如此郑重其事的样子,未免有些好笑,她说:"向我汇报不敢当,首长有什么指示我听着。"

曹水儿一笑,开始对当面敌情一五一十进行具体分析。他认定了,军分区部队这几天与敌人紧张周旋,实际上是一步步被逼进了敌人的预设地带。我们俩也不例外,都在包围圈里,此地正有一场

## 第二十章
### 大别山主峰在烈焰升腾中迅速熔化

通天大火在等着我们！

"要突围出去，怕是已经来不及了吧？"汪参谋不无担忧。

"强行突围出去，得靠火力，我们只有一把匕首、一把圆锹，吓唬不了谁。要么是假冒村民混出封锁线，这一条也不必谈，一看就是两个北方侉子。剩下来唯一可行的，是在地上挖一个洞钻进去，一场大火过去，爬出来重见天日。"

"挖地洞，在哪儿挖？"汪可逾十分茫然。

3

是的：首先就有一个选址问题，这是最有讲究的。

一般人以为，当然应该选在不长树木的空阔地方，避免引火烧身。大错特错！太行山反"扫荡"的经验，较大面积的空地，鬼子最疑心，一遍又一遍搜查。反而是林木稠密的地方，一切烧尽了烧透了，不必浪费人力物力反复搜查啦。

汪参谋提出质疑："这个道理是存在的。可是，地洞口自然会对火势形成一种强大吸引力，你选在树木稠密的地方，到时候火焰会像水银泻地一般倒灌进来，不堪设想。"

不！骑兵通信员曹水儿设想的一个方案，其精妙绝伦正在于此，完全可以避免汪参谋所顾虑的那种原本是不可避免的灾难后果。

曹水儿讲解说，先把洞挖好了，静候燎原大火从边沿烧过来。当火头将至未至的当口，抢先于敌人一步，主动在上风头点一把火，将洞口周围的杂草树木烧了个精光。此地已经过了火啦，待大火扑来，只会在周边燃烧，与大火绝缘了，再也不可能灌进地道口里。

汪可逾十分惊讶，都讲曹水儿够油的，今天更祭出"四两拨千斤"的这么一个绝招儿，在一片火海中，为自己预留出了一个安全岛。听凭大火劈里啪啦烧到天上去，与我何干！

古来有"不可玩火"的警语。曹水儿的这一把火，稍稍提前了一点，或是稍稍拖后了一点，同样会归于失败，可他"玩"得恰到好处。他怕火柴头潮湿，耽误了大事，准备好了一撮火柴。待决定性的瞬间到来，一撮火柴嚓啦一声划着了，一根不燃有第二根，第二根不燃，总还有另外的火柴会发出光亮，顺手向一堆干枯的马尾松投去，便大功告成。至此即可跳下洞去，将洞口封闭。

无须担惊受怕。敌人在上风头放起的火，与我方主动点燃的火早连成了一片，向远方延烧而去。漫山遍野一片灰烬，即或敌人从洞口走过，也看不出任何破绽的。

下一步，须确定地洞要挖多宽多深，洞口的顶盖怎样解决。

最初，他们是想把洞挖得宽敞一点，两个人背靠背站得下来。问题在于，洞口留得越宽大，国军半高勒皮靴踏上去的几率也就愈高，危险性也就相对增大了。最后敲定，洞的直径只是比人身体稍许宽松一点，洞深约为一个半人高。由曹水儿蹲身下去做"底座"，汪可逾站在他肩膀上，她头顶以上留出一段空间，好用来封盖洞口。

洞口的顶盖，在这个系列工程中技术含量最高，也是最费功最细致的一道工序了。

## 第二十章
### 大别山主峰在烈焰升腾中迅速熔化

他们截取手腕粗的木棒若干,用荆条紧紧捆绑,做成约二尺见方的一个木框。地洞是圆形的,至顶端部分稍加扩展,改为与木框尺寸相符的一个正方形洞口。木框顶盖先铺一层树叶,不使漏土下去,栽些杂草野花,看上去就像是从地面上切下来的一块"活体组织"。人跳下洞去,伸手拉动顶盖,就可以严丝合缝盖得好好的。即或站在顶盖上,又怎么想得到脚下会有两个大活人呢?

挖好地洞,两次演练了封盖洞口,汪可逾操作都很成功,不存在任何困难。

万事俱备,只待接受实战检验了。

### 4

不出曹水儿所料,敌人开始在上风头放起了火。火借风势,风助火威,一时间形成燎原之势。遥望高耸的大别山主峰,正如同一支红蜡烛,在烈焰升腾中迅速熔化。

动物具有预测地震的本能,一场山火将临,虽距离尚远,它们同样凭直觉提前逃命,真个是狼奔豕突不亦乐乎。野猪、猴子、狐狸、松鼠、刺猬、兔、獾、蟒、蛇等等,据说这里山区还有老虎,倒是不曾见着。

一条五步蛇和一个肉团团的小刺猬,抢先一步钻进了地洞里。曹水儿担心,两位不速之客会吓着了汪参谋。咚地跳下洞去,见那条五步蛇盘作一团,他用大搪瓷缸子扣住了它,留它一条活命。至于小刺猬，随它的便好了，伤害不着人的。

汪可逾事先所料，进入地洞，她肯定会因为这个充满泥土气息的狭小空间，觉得气短憋闷浑身不自在。恰恰相反，一种强烈的奇幻感，取代了身体的一切不适。听到地面传来的声音，她称奇不已。那声音十分悠远、十分微弱，却非常清晰、非常逼真，仿佛有谁将声音之茧加工为蚕丝，一根蚕丝那样细微的声响飘飘忽忽传入地下，听来却又一点也不失其真。

"哈哈！你们这些土八路，钻进地洞里就有活命了吗？"

"早看见你们了，洞里有男有女，挤成一堆，快出来吧！"

"再不出来老子要开炮了！要灌水下去了！要放烟下去了！"

敌军一边盲目射击，一边怪声怪气地在呼喊号叫，造成一番恐怖喧闹气氛。曹水儿一再向汪可逾提示，敌人搜山喊话，编得活灵活现，不要理他。汪参谋听到在喊，简直就像是面对面看到自己了，禁不住吓了一跳，随即暗自笑了。

下洞之前，汪可逾特地又方便了一次。下洞不一会儿，又憋不住了，两只脚不安地在曹水儿肩膀头上踩来踩去。这是曹水儿事先做过专题布置的，他把那块军用油布严严实实蒙在头上，拍拍汪可逾的腿，意思是说没有关系，我已经做好了必要的防御准备。要命！汪参谋一直在哭，嘴唇都咬出了血，死活做不出天经地义的那么一个生理排泄举动。

曹水儿预感到大祸将临！要么汪参谋憋出一场大病来，要么她终于不顾一切掀开顶盖爬出洞去，应声倒在敌人的枪口下，女人生

# 第二十章
## 大别山主峰在烈焰升腾中迅速熔化

理上的死结才得以解脱。经验老到的骑兵通信员也没有咒念了。他手指甲如利刃一般，猛掐汪参谋小腿。疼痛之下，使得这位女同胞失去了自身控制力，一大泡尿水劈头盖脸向曹水儿浇下来。

地洞内黑咕隆咚的，不可能区分日夜时刻，只能根据一个一个的细节加以推算。敌军的大皮靴，先后共有三次从地面踏过去了。也就是说，他们一连使用了三个白天，在这一片焦土地带反反复复实施了"剔抉扫荡"。算来，现在正该是第三个夜晚，可以出洞到地面上去了。

两人相继爬出洞来，回头一看，与他们同生共死的两个小动物，也艰难地爬到地面上来了。五步蛇很快消失在厚厚一层灰烬残叶之中，那个肉团团的小刺猬，被眼前的情景惊呆了。世界变成了光秃秃的一片，到处冒出被烧焦的泥土气味，我该往哪边去呢？

## 5

两个人瘫软在地洞口，像是拉风箱似的，大口大口不停地喘气，直至他们的肺活量回复到正常状况。

曹水儿十分夸张地称赞他的顶头上司说："我们的汪大参谋！真有你的！我原以为，你剩最后一口气儿，怕托举不起那么重的顶盖。只有等到哪年哪月山洪暴发，地洞里灌满了水，才能把我们两个人给漂上来。"

汪参谋也急于要表达她对骑兵通信员的心悦诚服："现在我弄明

白了一件事情,假如这个世界没有战争,你曹水儿本来是大可不必出生的。"

他们四脚八叉仰面朝天,安安静静地躺着,照说早已精疲力竭,很容易就会睡着了。可是,骑兵通信员反而正处于高度兴奋状态。星空万里闪闪烁烁,他感觉阔别已久,本来是再也看不到的了。久久观望,不免疑惑起来,总感觉天空有些什么不对头,他问:"汪参谋! 是不是谁把星星给搞错乱了? 我左看右看,不像原先排列的那个样子了。"

"你在洞里待了三天三夜,没有资格讲这个话。如果待够了三亿光年,说你发现星星分布有所变化,或许说得过去。"

"什么光年不光年?"小曹完全摸不着头脑。

"光,在真空中一年内所走过的距离,称为一光年,大约是九万四千多亿公里。"

"哎哟,我的天哪! 我们这个世界上枪啊炮的,打来打去,比照你讲的光年来看,磨磨唧唧的这点事情,算得了什么?"曹水儿无限感慨地说。

"可不是嘛,曹水儿你讲得太好了! 太好了!"

第二十一章

这种气味不是
河水清洗得掉的

## 1

一场大火的洗礼过去了,冈村宁次式的"清剿扫荡"并未结束,短时间内敌情是不会出现松动的。一名徒手士兵、一名重伤员,这样单独行动,终归不是长久之计。他们必须抓紧时间趁夜赶路,进入重峦叠嶂易于隐藏的大山区,寻找一个稳定的存身之所。

曹水儿背起了汪可逾,不禁大为吃惊,仿佛他背起的是另外一个什么人,轻了许多,不是汪参谋本人应有的重量。准确地说,不是三天前的那个汪参谋了。曹水儿一向大大咧咧的,一个人吃饱了全家不饿,他破天荒第一次,满怀莫名的伤感,在记挂着一个女人的体重,记挂着由他负责安全警卫的这位"最高首长"。

他们趁夜上路了。

封锁区沿线,碉堡排列很稠密,敌人巡查部队不时过来过去。通常说来,先要隐蔽接近,等待敌人巡查留下空隙,趁机奔跑过去;或是扔出一块石头,把敌人巡逻队引开,迅速通过。这些办法曹水儿全用不上,他背负着一名重伤员,恰似一只硕大的蜗牛,只能匍匐在地,慢慢慢慢向前移动。正巧赶上"早饭已过午饭未到"的空当,神不知鬼不觉地也就通过了封锁线。就怕与巡逻队不期而遇,那可就没有一点咒念了!

## 第二十一章
### 这种气味不是河水清洗得掉的

2

哪把壶不开提哪把壶！夜色之中，曹水儿发现四个携带步枪的巡逻兵成单列向这边走来。如果仅是他一个人，只要对方脚踩不到身上，就一动不动，屏住呼吸等待敌人过去。万不得已，起身应对也还不迟。现在已经别无选择，先下手为强，只能迎上前去，把这四个不要命的兄弟如数解决了。

他把汪参谋安置在一片灌木丛中，叮嘱她紧闭双眼，捂住耳朵，什么也别看，什么也别听，等我回来！听清楚了吗？等我回来！

骑兵通信员曹水儿将匕首插进左腿绑带外侧，拎起他那一柄锃亮锃亮的圆锹，噌噌噌几大步，便飞快进入一片茂密的松树林中。他用圆锹连连拍打树干，发出很大声响，吸引敌人进入树林。果然，四个巡逻兵立即成散兵线向林中前进，很快便出现在距曹水儿不远的一块林中空地。

借着月光观察敌人的装备，曹水儿认定，这是国军正规军的几个上等兵。从他们持枪搜索前进的动作上看，像是受过专业训练的侦察兵别动队一类人员，需要小心一二。

四对一，这个比例本身已经向人们预示，肯定会是具有很高观赏价值的一场武打好戏。

这一方只有一把圆锹，至关重要的是设法调动另一方，让他们各自为战，失去人多势众互为依托的绝对优势。骑兵通信员故意弄出声响，随之转移到另一处，又转移到第三处、第四处，接连在不同方向弄出声响。四个巡逻兵顾此失彼，不得不分散开来，向几处进行搜索。

曹水儿轻轻拨开树丛向前走去，听见背后窸窸窣窣，似乎有人跟踪他。回头看去，第一位来客正端着中正式步枪对准了他，三棱刺刀闪放着光亮。想必他发现曹水儿原来是一名非武装人员，精神状态即刻放松了下来，好说好商量的样子，枪口向上抬了两下，命令他的俘虏举起手来。

曹水儿来了一个"就地十八滚"，迅速摆脱了敌人的枪口，预计对手同时会连连向他开枪。他小觑了对手，人家不发一枪一弹，拿定主意要捉一名活的解放军回去。几大步腾空跳跃，紧盯住他的目标不肯放过。他的枪刺再一次直指曹水儿的眉心，发出一声轻蔑的笑声。

他笑得太早了。曹水儿佯装要举起双手的样子，抡起圆锹一下打落了巡逻兵手握的中正式。那人弯下腰去意欲抢回步枪，臀部高高暴露给了敌人。曹水儿飞起一脚猛踹过去，巡逻兵踉踉跄跄扑倒在地，扭头望见解放军举着圆锹赶上前来，他屈起两臂护住自己的脑袋，那一把锋利的圆锹，正是从他两臂的间隙处劈砍下来的。而在完成下劈动作的同时，曹水儿一下跳出好远，以避免什么瓜瓤子一类不洁的东西溅到身上来。只听对方喉咙里发出模糊不清的一声短促的吼叫，一切均告结束。

前后不超过三分钟，国军巡逻队已经减员四分之一。

第二位不速之客，背靠一株老柏树环绕而行，如同好大的一只

## 第二十一章
### 这种气味不是河水清洗得掉的

螃蟹横向移步，一则可以观察四周动静，一旦有事，树干又可据以隐蔽机动。曹水儿早看在眼里，他匍匐向前靠拢，待巡逻兵转到大树背面，纵身跳了过去，如同两人一前一后在推磨似的，跟随他的第二个目标不停地绕圈圈，寻找时机下手。

曹水儿猛地回过身来，双手挥起圆锹，直取巡逻兵的头盖骨。出于本能，后者一缩脖颈，只听咔嚓一声，圆锹砍入树干。曹水儿使出了好大力气，也未能取出。巡逻兵得意地吼叫一声，挺枪直刺过来。岂料他同样犯了过于急切的错误，砰的一声刺刀扎入树干，要拔拔不出来。曹水儿趁机扑上去，攥紧拳头自下而上猛击他的下巴骨，巡逻兵四仰八叉栽倒在地。

曹水儿使出的这一招，在擒拿格斗训练中，名为上勾拳，是足以致命的一击，他没有必要再追加什么动作了。不！接下来他必然会采取的举措才更为彻底，决不给对方留下侥幸逃生的可能。他从树干上将圆锹拔出，顺势向对手的脖颈铲了下去。这个"铲"字含义明确，是指狠狠按下圆锹的木把，以闪闪发光的锋刃部分，直上直下解决问题。

不过，曹水儿并未倾其全力，他不愿意保留犹如切断一根瓜秧那种得心应手轻而易举的实际感受。听到一股鲜血顺带着冒泡的声响，他便就此罢手，迅速脱离了现场。

不知不觉，巡逻队的兵力已经去了一半。

要算第三名巡逻队员头脑是最好使的，他懒得四处进行搜索，而是以逸待劳以巧取胜，利用林中的野藤，在树行之间布下一个阻截网，等待猎物落入陷阱。果然，骑兵通信员被绊了个马失前蹄，一头栽倒在地上。那家伙饿虎扑食一般，将曹水儿紧紧压在身下。论身码论气力，对方明显处于劣势，但此人十足地精明，双方翻滚搏斗中，他以小臂从背后死死扣住了曹水儿的喉咙。在中国武术史上，这是代代相传的一个绝招——"锁功"。留给你解锁的时间是以秒计算的，如果你无法挣脱，很快便会窒息而气绝。

曹水儿在心里说，在老子面前耍弄这一套，老子不是吃素的！悄悄蜷缩一下小腿，从绑带里抽出军用匕首，深深插入对方腹部，用力向下划去。随着腹部被剖开的一声响，热烘烘的一股难闻的气味扑鼻而来。那人不住地号叫着，在地上打了几个挺，再无动静，他的所有债务也就此一笔勾销。

这一片闷热的山林，悄然将巡逻队兵力的百分之七十五给蒸发掉了。

曹水儿发现了最后一名巡逻队兵，正穿过丛林向这边狂奔而来。他的心理设防全线崩溃，闷声闷气地不断发出惊恐的喊叫。想是被另外几个国军的尸体吓破了胆，急于要逃出森林。曹水儿几大步赶上前去，高举圆锹劈砍下去。因为两人都在疾速跃动间，圆锹未能找准头部，而是从后背重重敲击在心脏上，致使他骤然定格在那里，像一根木桩，直撅撅地倒地身亡。

至此，一支训练有素的国军巡逻队不得不重新集结，保持原建制，踏上一条他们从无所知的陌生之路。有一点可以肯定，从今以后，再不会有谁下达什么战斗任务给这哥儿几个了。

## 第二十一章
### 这种气味不是河水清洗得掉的

3

这样一场遭遇战，曹水儿不只是兵力绝对少数，关键在于，出现任何不利情况，都不可能允许他背起汪参谋退出战斗。没有他后退一步的余地，只能一个不剩，将来敌全数收个干净。战斗的酷烈凶险程度，肯定会是他烽火历程中从未有过的，怎样想象都不为过。不料竟是这样简便而又浅近的一个熟能生巧的过程，以致促使他兴致大发，自觉不自觉地带入了几分自娱性质。

刚刚一阵大汗淋漓，山风袭来，曹水儿骤然感觉脊梁骨冰凉冰凉，连连打了几个寒噤。嗅到自己身上一股难闻的气味，十分强烈，忍不住要吐的样子。随即想到，得要浑身上下洗个干干净净，不然不好去见汪参谋。

他发现一条小河，岸上净是乱石沙土，河道中哗哗啦啦地并未断流，一些坑凹处水深可及腰部。曹水儿一头扎进河水中，好一阵才猛地扬起头，他脖颈连同肩背快速地左右摆动，像一头棕熊那样全身抖擞，皮毛中的存水四散溅开，如同一团团喷雾。他先是双手撩水擦洗前襟，觉得不解决问题，干脆脱下军服，在石头上用力搓洗干净，拧掉了水湿着穿起来。

忽然发现一个人向河边走来。曹水儿一惊，总共来了四个巡逻队员，怎么又冒出一个呢？他把圆锹抓在手里，潜入水中，只露头在水面上注意观察。来人走近了，肚子胀得老大老高，胡乱用绑带缠绕包裹着。噢！原来是被曹水儿剖开腹部的那个巡逻兵，侥幸不死，意欲过河逃走。

巡逻兵深一脚浅一脚蹚水前行，冷不丁看见眼前出现一个赤膊大汉，吓呆在那里动弹不得。不等来人明白过来，曹水儿揪着他领口，像是提溜起一只鸡一只鹅，顺势按捺在河水中。巡逻兵拼命上下翻腾，只听咕嘟一声响，他腹部所有脏器黑糊糊一团冒出水面，立即被河水冲走了。

实则人已经成了一个空壳，但他仍在不住地挣扎抖索。曹水儿下狠力踩住他的脖颈不放，直至对方不再动弹。他放开了脚，尸体随即浮了上来，顺水漂流而去。

曹水儿只觉眼前一片黑暗，天旋地转，他扑倒在一块大石头上，好久好久才缓过来。

4

骑兵通信员自以为，汪参谋少不了又要赞扬他一番了，砍瓜切菜一般，单人独骑消灭了武装到牙齿的一支精壮部队。万万想不到，汪参谋明明欠起了身，看清楚是他回来了，却把头扭到一旁，不理睬他，曹水儿愣在那里好久。

"汪参谋！我犯什么错误啦？"

"你没有错，是我的问题，我受不了你身上的那股气味。"

曹水儿笑了："噢！知道首长鼻子尖，我在河里清洗过了的。"

"这种气味不是河水清洗得掉的！"

## 第二十一章
### 这种气味不是河水清洗得掉的

"我们的汪大参谋！是不是要求太高了一点？河水洗不掉，你让我拿什么来洗？"曹水儿边说边嘻嘻哈哈走近前去。

"请你退后！退后！退后！"汪可逾发出严正警告。

骑兵通信员咧着大嘴在笑，不好再向前去，也不情愿真的就往后退，他意识到问题严重了！

汪可逾提出了她的要求："麻烦你去找找看，相信还是会有一家老乡，愿意掩护我一下的。"

"你也太不现实了，上级交给我的任务是警卫首长，并没有安排你'坚壁清野'。再说，眼下敌人正在'扫荡'，你叫我去找谁？"

汪可逾仰面躺在树丛中，两手捂住了脸，不再言语。

"汪参谋，敌人巡逻队没有返回营地，肯定要加派兵力尽快赶来的。要一分一秒抢时间，不能再耽搁了，我们得上路了！"见汪可逾始终不作声，他又说，"汪参谋，你不配合我的工作也就罢了，不能一不高兴，就要甩掉我！"

"不！是我求你甩掉我。从今天起，你可以撒手不管我了。"

曹水儿急得直跺脚："你无缘无故这样拖延下去，我真的管不了啦。不过，汪参谋你应该懂得，到了万不得已的时候，我自有主动处置的手段，我决不能让你第二次落到敌人手里！"

汪可逾完全不屑地回应说："你曹水儿没有这个权利！"

"可是，我肩负了这个责任！"曹水儿哭出了声，"小汪同志我告诉你，就算没有这一份责任，我也有这一份心思！"

汪可逾平静下来说："既然是你的一份心思，我不能伤你的心，多谢你了。就我而言，怎么样做最后的了结，并没有什么区别，同样的一回事。不过，你的主动处置手段，总归要更容易接受一点。"

"汪参谋，你不能再这样逼我了！"

骑兵通信员的忍受能力已过极限，大吼一声扑上前去，紧握双拳，寸着力道同时敲击汪可逾两边的太阳穴。后者身体绵绵软软地倒在地上，她晕厥过去了。曹水儿像扛起一大袋粮食，侧身将这位女八路扛起。女人伏在他的左肩头，她的头部正靠在曹水儿宽阔而富于弹性的胸膛上，两臂下垂，长长的双腿悬吊在背后。他们又上路了，虽然负重很大，曹水儿的脚步还是显得那么轻快有力，不一会儿便远去了。

仿佛这里不曾发生过任何事情，树林一片寂静，如同往常的每一个夜晚。

## 5

汪可逾身体微微在扭动，轻轻发出呻吟，显然开始苏醒过来。曹水儿很害怕她又闹着要"坚壁清野"，装作什么也不知道，自管大步流星朝前走。

女八路清醒过来，耳边感触到骑兵通信员的心脏咕咚咕咚跳动很快，知道他够多么劳累的了。内心不免多有自责，你把一个大块头的警卫战士逼到呜呜大哭，太过分了！但她没有作声，装作仍然晕厥不醒，听凭曹水儿肩扛她到什么地方去。

## 第二十一章
### 这种气味不是河水清洗得掉的

　　随着一阵透骨的冷气，刹那之间暴风雨袭来了！曹水儿再也无法举步向前，只得将汪参谋放下来，让她倚靠一株树干站稳了，他从后面连人带树紧紧环抱在一起。谢天谢地，一男一女两名解放军才避免了被狂风卷去，避免了被山洪冲个无影无踪。

　　倾盆大雨劈头盖脸浇下来，曹水儿无法张口，简直倒换不过气来。却也感觉来得如此痛快淋漓，不禁梗着脖颈"啊——啊——啊"地对空狂呼大喊起来。在树林中一场厮杀，每当干掉一个国军巡逻队员，他本能地要吼叫一声，当时只得强忍住了，现在才来补上。在暴风雨覆盖之下，不必害怕有谁会听到，其实连他自己也听不到，只管可着嗓门儿在大吼一番罢了。

　　骑兵通信员发现，汪可逾也不住地在发出无声的吼声。是的，这段时间汪参谋内心郁积了太多的愤懑与压抑，得到这样一个难得的机会，恰好让她尽情发泄出来。曹水儿这才放松一些了，他一直担着心，怕有一天忽然看见她背过脸去，悄不言声地在吐血。

　　暴风雨如临时到来一般，刹那之间完全止息了下来，曹水儿原以为正值拂晓时分，谁知太阳挂起老高老高的了。环顾四方，他们已经进入了大山区。

# 第二十二章

## 出自她的记忆而非幻听幻视

## 1

听人说,红四方面军留下来的一些游击队,活跃在大别山主峰下,他们找到一个藏身的溶水洞,解决大问题了。洞子很大,开进去两个师,不显得人多。奇怪的是,这多年再寻不到洞口了。曹水儿希望有此幸运,尽快找到这个"红军洞",就有自己的大本营了。

他们过来过去多少遍,扒开草丛仔细寻找,一无所获。正在完全绝望之际,偶然注意到,岩石上发生过山体滑坡的痕迹,而山岩下面,却又不见垒积起许多泥土石块。那么,垮塌下来的大量土石方哪里去了呢?

原来,山岩下方是一个凹形地带,滑坡下来的土石方,填平了凹地,所以看不出大量垒积物。如果曹水儿的这个发现可以成立,便可进一步设想,"红军洞"的洞口应该就在这一道山岩下,只不过是被垮塌下来的山体掩盖了。于是两人立即行动起来,扒开他们脚下堆积的泥土石块,随时期待着奇迹出现。先是一个小小的孔洞显露出来,不一会儿,一个天然溶洞完整地呈现在面前,这令二人兴高采烈,彼此击掌庆祝胜利。

但脚下仍是山体滑坡的堆积物,并没有到达地面。可见,原来洞口距地面相当高,必须经历一个艰难的攀爬过程,不是谁都能轻

## 第二十二章
### 出自她的记忆而非幻听幻视

易上得去的。洞口略加伪装,一眼看去很难发现。多年来"红军洞"成了一个不解之谜,原因便在于此。

进入洞口,忽觉一阵暖风吹来,风声轰轰隆隆,响彻云霄。这是由于外面山谷地带,与洞内的封闭空间存在温度差异,形成空气的强对流现象。他们两个有生以来从未听到过这样的风声,平添了几分神秘意味。

顺着昏暗的隧道前进十多米,风声戛然而止,眼前豁然开朗,出现了一处空阔的洞内大厅。洞顶裂隙透进阳光,逆光之下将钟乳石、石笋、石幔、石花以及顶天立地的巨大石柱勾勒出来,千姿百态,让两位稀客目不暇接。

汪参谋边参观边给曹水儿开了一堂地质课,她绘声绘色地讲到,雨水含有二氧化碳,会使石灰石构成的岩层部分溶解,经过千百万年侵蚀,形成地下空间,就是我们看见的这种天然溶洞……

曹水儿静静地听着。好家伙!说开进两个师不显得人多,或许稍稍夸大了一点,住进两个团,真的是绰绰有余。他仰头发出几声啸叫,洞内回声四起。

岩壁上大面积被烟火熏黑了,地下有许多小坑坑,显然是用来制造炸药留下的痕迹。先要用硝土和草木灰做原料,按八比一的比重加热,抽滤为硝水。再将硝水加热蒸发,冷却后再次抽滤,便是可用于制造炸药的硝酸钾晶体了。

毫无疑问,这正是红军游击队住过的那个溶洞。

## 2

  他们可以长长出一口气了。此后，汪参谋只管待在"窝"里不动，安心养她的骨伤就是。而"大本营"的安全警戒以及后勤保障，一切一切，都要由骑兵通信员曹水儿负起全责！

  首先，他必须每晚到村子里去"化缘"，保证汪参谋营养跟上去，否则伤口长不好。其次，洞子里水太硬（含杂质多），他要提着一个竹筒几次去山涧里汲取泉水。还规定了不在洞内上厕所，粪便也用竹筒积存下来，待晚间运送出去，一定要深挖掩埋。

  别的不讲，只是出入溶洞洞口，就已经让曹水儿不堪重负了。洞口必须随时垒得严严的，防止被人看出破绽。每次外出，先要透过石缝观察一番，未见异常情况，才动手搬开石块。外出活动回来，远远观望没有什么可疑动静，才上前打开洞门。迈步进来，先要回身严严实实垒好了门，然后才进洞去。

  尽管如此繁忙辛苦，曹水儿很快就习惯了洞穴生活秩序。何止是习惯了，以至于他不希望战争行将结束，不希望白崇禧的"清剿扫荡"停下来，不希望汪参谋的骨伤就此痊愈。他深深眷恋着这个神话一般的水溶洞。

  汪参谋久久环顾高大的岩壁，凝思神往地对曹水儿说："我自己也说不清楚为什么，总觉得这岩洞似曾相识。不！又何止是似曾相识，就如同重归故里，目光所及，一切都是那么熟悉。如果我记忆不错，这个溶洞的面积，应该还要大得多。"

## 第二十二章
### 出自她的记忆而非幻听幻视

此话一出口,她自己也不免为之震惊。"如果我记忆不错",简直不着边际,这是从哪里说起的呢?看见曹水儿沉默不语的样子,显然认为她的说法不过是梦呓之语。汪参谋本想说服曹水儿,竟找不出一句适宜的言语,她只能重复对他说:"如果我记忆不错,这个溶洞的面积,应该还要大得多。"

"唔!唔!唔!"曹水儿随口支应着。

如果承认的确出自她的"记忆",而不是想入非非,不是幻听幻视,好了!那么我们不妨同她一起回眸上古时代,考察一下原始人怎样从树上转移下来,住进了天然岩洞。而后,随着生产力水平不断提高,出现了人工洞穴,特别是土层丰厚的黄河流域,更适宜于掘穴而居。初始是挖掘竖穴,以野草覆盖顶部。进而又在土丘沟壁上开挖横穴,这就是至今依然为人们乐意采用的窑洞式住宅。

假如他们发现不是一个溶洞,而是某氏族部落的一个黄土窑洞,汪可逾是不是也会讲出同样的话,说一切似曾相识呢?答案是肯定的。你想,她既然可以记忆起更为遥远的溶洞穴居状况,更应该记得起远在之后的窑洞式住宅。

问题来了。"记忆",原是讲通过人大脑皮层的神经联系作用,对亲身经历或是有所了解的事物保持了识别印记,可以回想再现,以供检索。汪可逾这里提及的,是她本人绝无可能经历过的事物,不同于凭借文化知识做出的合理推断,不同于特定条件下产生的幻听幻视,自然也不同于用作借喻。

设若她改换一个用词,比方她说:"假如我感觉不错的话……"

同样有问题。感觉，讲人的感觉器官对客观事物的直接反映，同知觉相联系，如视觉、听觉、味觉、嗅觉等等。内部感觉则如机体觉、平衡觉等，与"记忆"也不搭界。

在她，只不过是恍惚间产生的那么一种内在体验，原本无法以言语表达出来。

3

言者姑妄言之，听者姑妄听之，也就罢了。可是，"最高首长"竟下达任务给骑兵通信员，要他仔细去探测洞壁上那一道道岩石缝隙，说不定真的会有所发现，证明她的"记忆"准确无误。

曹水儿习惯了以汪参谋的意志为意志，他没有表示任何为难之处，抄起那把圆锹，便开始在溶洞岩壁上四处敲击着挖掘着。虽然他并不抱有哪怕是极微小的一点点希望，却投入了百倍的热情。他选择岩壁上稍宽的一道裂缝，侧身挤了进去。路被堵塞了，挖开碎石再往前去，进入了以无数巨石排列组合而成的一个蜂窝状地带。横七竖八的石头缝里，似乎处处都可通行，却忽然又是一道"闸门"，赫然矗立在面前。曹水儿一处一处试探，均以失败告终。

他倒并不泄气，施展在战场上通过敌人铁丝网的本领，艰难地匍匐前行。一些地形复杂的地段，不得不再三斟酌，是头先钻过去，还是脚在先头在后，才更为有利。忽然发现，洞子空间愈来愈加扩展，让他信心百倍。哎哟，太好了！难道汪参谋的"记忆"真的要成

## 第二十二章
### 出自她的记忆而非幻听幻视

为现实了吗?

曹水儿边在石缝间穿行,边在观赏变幻无穷的洞壁风景,俨然一位身着人民解放军军服的徐霞客。《徐霞客游记》一书中,共记载岩洞三百五十七个,这位伟大旅行家亲自入洞考察过的将近百分之九十。不知其中是否也包括大别山主峰下的溶洞? 如果包括在内,那指的应该是"红军洞"了。而眼前被发现的这个天然大溶洞,"版权"所有,则属于参谋汪可逾和骑兵通信员曹水儿。

忽然一脚踩空,曹水儿差点栽倒。地下有一个孔洞,像是进行地质钻探留下来的一个钻孔,直径很大,如果不是四壁参差不齐,人会掉下去的。曹水儿趴在地上仔细观察,似乎在某个深度透出了光亮。他搬起一块石头丢下去,石头在四壁间弹跳下落,好一阵才落了地。

从"钻孔"情况看来,这个天然溶洞不止一层,而是楼阁式的。不能确定共有几层,照着三层、五层讲,不是唬人的。曹水儿为他的这个意外发现十分得意,他在"钻孔"旁边堆起几块石头作为标志,下次再来便很容易找到。

一条小河出现在眼前。刚才曹水儿听到的,明明是一条激流呼啸而来,四处寻觅不见河水。忽然代之以这条小河,却在静静地流淌,一点响动也听不到。不难理解,呼啸而去的那条大河,是在另外一层岩洞里,不在他头顶,便在他的脚下,与眼前这条小河各不相扰。

路走不通了,卷起裤脚涉水,登上对岸继续前进。又走不通了,过河再返回这岸来。一时不注意,小河什么时候已经悄然隐退,完全干涸了。曹水儿这才意识到,这一段行程他走的是上坡路,倾斜度较为缓慢，所以他并无明显感觉。水往低处流，小河不可能继续与这位勇敢的探险家为伴，悄悄流入下一层岩洞里去了。

再往前去，出现了又一处溶洞大厅，比"红军洞"的大厅更为高大开阔，宽约一百三十米，高一百米出头。所不同的是，这里的光线不是来源于溶洞口，而是从四周无数条狭窄的石缝中侧射过来，织成一张薄雾似的网。其投映效果是多样性的，使得整个溶洞更见晶莹璀璨，更见奇幻幽深。

从一道岩缝向外望去，看见一只猴子，正在采摘灌木枝条上的什么野果。曹水儿不由一惊，这个天然溶洞，原来与外界只是相隔很不严实的一道石壁，没有什么保密性可言，不适合他与汪参谋入住。他好不容易新发现了这一处溶洞，只落得前功尽弃。

他极力冷静下来，心里豁地一亮。依据在溶洞内行进方向，又仔细计算走过的距离，标定了他此时此刻的位置，正处于大别山主峰的顶端部分。不难想象，溶洞外面蒙蒙薄雾随风飘过，向上是笔直笔直的绝壁，向下是万丈深渊。

这是一所高悬于云端的洞穴建筑群，除那些毛猴之外，谁都没有本领到此一游。

4

曹水儿完成他的"探险"历程，踏上了凯旋之路。

万万没有想到，一块巨大的岩石横在面前，休想再向前一步。

## 第二十二章
### 出自她的记忆而非幻听幻视

探险家紧攥拳头连连敲击头顶，他极力回想，来时路经此处，曾听到背后传来沉重的声响。现在想来，极有可能是他触动了什么地方，正值现时现刻，终于引发石块坍塌，巨石失去支撑，稍稍滑动了一下，将原有的一道石缝堵了个严严实实。

这个彪形大汉扑倒在岩石上，扯开他的破锣嗓子号啕大哭。是他亲手把自己关死在这个无底洞里的，死不足惜！令骑兵通信员心碎的是，他原本发誓要永生永世呵护着不谙世事的女文化教员汪可逾，何曾想过，命运给他开了这样一个残酷无情的玩笑。

汪参谋还在前面溶洞里等待着他的好消息。她一个重伤员，寸步难移，从现在起，她只能仰面躺在岩洞角落里，一天天忍受着饥饿干渴，如同等待着陶土灯碗里的麻油一点点耗干，灯芯最后闪亮一下，随即熄灭，断断续续飘出一缕青烟……

他妈的！你小子自管这么哭哭唧唧的，算是唱的哪一出？赶在这一种节骨眼上，你怎么能这么怂！你怎么能趴下！曹水儿心想，既然稍加外力，如此巨大的石头便轰隆一下移动了，为什么不可以推它一下看看？说不定又会接着挪动挪动，只要它欠身向旁边靠拢一下，人就挤过去了。

曹水儿使出了吃奶的气力，巨石纹丝不动。他背转身用上腰背，双腿抵住旁边的岩壁，竭尽全力推呀推呀！哎哟！他吓了一跳，那巨石开始在转动了，脚下传出微微的震动感。他脸贴在上面，凭感觉知道，这个庞然大物懒洋洋地在完成一个自转动作。曹水儿臆测，一块鹅卵石垫在巨石下面，充作了轴承。这是关键所在，否则就是有一百个曹水儿，也不抵个屁的事。

谁知道呢，或许有一位威严而又冷漠之极的溶洞之神，见曹水儿竟如此痴心，格外开恩放了他一马。曹水儿对迷信观念那一套从无兴趣，他还是诚惶诚恐双膝跪地，咚咚咚磕了三个响头。一股热流顺着眉毛滴下来，流进嘴角，咸咸的，是血！

他急忙从岩壁上抓了一些青苔，紧紧捂在额头上，据说青苔止血是有奇效的。这一来成了问题，他双手捂着伤口，无法爬过蜂窝地区，只得倚在岩石上歇息一下，等待血凝之后再说。

随即传出鼾声，他入睡很深很深了。

# 第二十三章
# 这是你一生中最大的荣幸

1

骑兵通信员学着一头穿山甲的样子,在岩石之间钻进钻出,差点儿把一条命给搭进去,汪可逾深觉过意不去。

"曹水儿,真不知道该怎么感谢你。换了另外哪一位同志,都不会理睬我的话,更不必说当作一项任务去执行。"

"还是汪参谋记性好,如果你模模糊糊记得不是很清楚,我也就不会那么有信心,钻进岩石堆里去。"

他们称呼前面的洞子为前洞,曹水儿探寻发现的部分为后洞。

可以确定,当年红四方面军游击队在这里借住,仅只限于前洞,他们压根儿不知道还有什么后洞。有关游击队在当地活动的所有传闻中,从没有一句话提及后洞如何如何,可见他们想都不曾想到过,那一层层岩壁内,还尘封了多少神奇与奥秘。

前洞、后洞各有长短。前洞距离洞口很近,为生活起居提供了许多便利。问题在于,只要敌人堵住了洞口,你有天大本事,也很难逃得出去。后洞关山重重太不方便,可是安全保密条件绝好,即或敌人占据了前洞,也只管睡你的觉,没事!

毫无疑问,他们应当进住后洞。但汪参谋所顾忌的是,要曹水儿驮着一名重伤员进入后洞,确有不可克服的困难,只得作罢。

骑兵通信员自有他的鬼办法。

## 第二十三章
### 这是你一生中最大的荣幸

他用荆条编织了一条"褥垫",比人体稍宽,全长近两米,让汪参谋伏在上面。"褥垫"厚嘟嘟的,编织并不那么紧密,有意要松软一些,随着人的身体上下弯曲改变方向,可以从刚刚能够容身的小洞洞里穿行过去。曹水儿则充当了倒退行驶的"火车"司机,手拉手牵引着汪参谋,如一列无轨道"地下列车",在一寸寸一尺尺缓慢地向终点站开进。

### 2

尽管有荆条"褥垫"保护着,汪可逾多处还是被岩石划破出血了,但她全然不顾,兴致勃勃地问道:"曹水儿,和外面空气相比,你感觉呼吸有什么不同吗?"

"洞里洞外一样的,没有什么不同。"曹水儿如实回答。

进入后洞,迎面扑来一阵新鲜湿润的气息,这是汪可逾从未领略过的,顿觉全身心那样快意舒适。在前洞内并没有明显感觉,进入后洞,似乎呼吸系统刹那间来了一个彻底净化,人间是否还有更加清新宜人的空气呢?

汪可逾知道,水溶洞内含负氧离子特别高,会对人的机体生理活动产生良好影响。问题在于,近来他们两人一直活动在山野森林间,并不缺少负氧离子。后洞气息不同于寻常,远不是负氧离子能够做出解释的。

汪可逾热情地称道骑兵通信员:"不是别的什么人,偏偏是你曹水儿,第一个发现了大别山脚下存在这样庞大的一个水溶洞。你朝着社会发展的回返方向,一口气走出去了至少是五百万年,这是你一生最大的荣幸了。"

曹水儿弄不懂汪参谋的这一番言语,只是嘿嘿嘿地在笑。

看见一处钟乳石高高垂下,下方石笋挺拔向上,如两条白玉般臂膀,极力向对方伸过手来。如果上下对接起来,便会成为两头粗、中间细的一根"灵芝柱"。可惜,它们彼此指尖相距近在咫尺,却终于未能触及,令人为之慨叹。

汪参谋讲解说:"这种情况,主要原因是石灰质过多,堵塞了渗水的通路,水滴不得不另寻路径,转移到别的地方去了,那里又会生长出一处新的石钟乳和石笋。原先的这一对'情人',虽是两情相悦,但只得留下终生遗恨了。"

曹水儿指着眼前的石钟乳和石笋说:"它们有希望吗?你看,大约只差一米左右,说话就要接上了。"

"据说,石笋每一百年才长高一厘米,长高一米,就是一万年了。我们肉眼看着,上下相距很近很近了,且要耐下性子等了。推延不知多少代人,或许它们真的来了一个'执子之手,与子偕老'!"

再向前靠拢,才发现那石钟乳的乳头上,垂下一颗十分饱满的半透明水珠儿。小小水珠儿,却是在漫长的地质历史进程中逐步形成的,如同以最严格的传统方法一道道工序酿造成这一滴陈年"酒"。洞顶的水不断渗漏下来,水分不断地被蒸发,石灰质不断在沉淀,带有一定的黏性,悬挂在乳头上,且不容易撒手坠落下去呢。

## 第二十三章
### 这是你一生中最大的荣幸

曹水儿提议："这颗水珠儿就要滴下来了，我们目不转睛盯着，说不定赶上了发生奇迹，正巧观察到水珠坠落的完整过程。"

"好好好！听你的，我们盯着。"

说是目不转睛地盯着，自觉不自觉地，彼此颇有兴致地交换了一个眼色。就在这一瞬间，再回头看去，粘连在钟乳石尖尖上好久好久的那一颗半透明水珠儿早已滴落下了。曹水儿高声发出抗议："为什么？为什么？故意的，故意的，不让我们看见！"

汪可逾连连摆手，命令骑兵通信员静声，她侧过头去凝神谛听："曹水儿，你听见了吗？那一颗水珠溅落在石笋上，整个后洞响起了回声，回声撞击洞壁，又引起回声的回声。"

曹水儿扮了一个鬼脸："汪参谋，不要吓唬我们老百姓！"

汪可逾自管在侧耳静听："回声消失了，现在可以听到洞顶渗出的水，沿着钟乳石的圆弧形洒下来。这是下一颗水珠儿形成的初始，又会圆滴溜溜地悬挂在乳头上，足够饱满又滴落下去，成为千百万年来无数次重复中最近的一次重复。"

"那声音是怎么样的？你学一下给我听。"曹水儿刁难说。

"我学不来。我从没有听到过这样的声音，所以不好拿来做比方，说和什么什么声音相类似，都不恰当。"

曹水儿提出了质疑："说不出是什么声音的一种声音，偏偏就让你汪参谋听到了，那为什么我就听不到呢？"

"你姓曹名水，一条大河，奔腾不息震耳欲聋，哪里还能听得见别的什么声音！"

3

农历十月下旬，大别山区已是北风习习寒气袭人，让人上牙直磕下牙。虽然溶洞里冬暖夏凉，完全模糊了季节的界限，但他们至今仍是一身单军服，实在难以支撑下去了。

延安曾考虑派晋冀鲁豫第十二纵队，送十多万套棉衣到大别山来，以解燃眉之急。或是送银元来，在当地采购布匹、棉花，组织民间人力缝制。千里迢迢，又有重重封锁线阻隔，实际是很难实现的。野战军报请中央军委："一切由我们自己设法解决！"

没有布匹、棉花，分散筹措；没有弹花弓，就用树枝和竹篾自制弹弓来弹棉花；没有染料，就用稻草灰将白布染成浅灰色。于是，全军上至野战军首长，下至士兵伙夫马夫，无不亲自动手做起了棉衣。因为没有顶针，人人都曾扎破手指，吸吮一下血珠儿，噗地喷出去。从弹棉花染布起，到棉衣棉裤穿上身，其间经历了几次战斗？得要认真回忆回忆，一下数算不过来。

"十万将士学女红"！值得在战争史上大书特书一笔。

曹水儿本可以去找军分区领导解决棉衣的，他知道汪参谋铁了心，永远不再与"一号"见面，绝对不会同意他和部队取得联系，只得打消了这个念头。他乘夜进入一个小山村，意欲见机行事，争取尽快让汪参谋把棉衣穿上，一件花袄、一件长袍，男人女人的都可以将就着穿。

树丛背后忽然走出两名持枪哨兵，夜暗中曹水儿认出，是军分

## 第二十三章
### 这是你一生中最大的荣幸

区警卫连的兵。看对方的眼神，同样是半生不熟认得他的，彼此相顾一笑。哨兵没有盘查，向他挥挥手，放行了。

看见一家祠堂里灯火通明，不知在干什么。一个小战士从里面跑出来，曹水儿向他打问，原来有好多个人棉衣做得不合格，领导上召集一些技术能手，帮他们修改一下。缝棉衣最要紧的是开领口，开大了一寸小了一寸，或是开得歪歪斜斜的，一件成品就作废了。野战军"一号"首长亲自传授了一个窍门，非常简单，用部队配发的大搪瓷缸，扣在衣领处，绕缸口画一个圆圈，恰好便是标准的领口尺寸。技术能手们正是按照这个诀窍，挽救了所有那些报废产品。

已经完工的棉军服，一摞一摞摆在那里。曹水儿装作认真好学的样子，转来转去，早暗中选定了两套。

透过门洞看见，司令员齐竞带着两名警卫员远远走来。曹水儿手捏住下嘴唇，用口技吹响了紧急集合的几声哨声："吱吱——吱吱！"于是大家火烧火燎地收起成衣摊子，跑步出了祠堂。曹水儿趁乱从一大摞棉军服里抽出了两套，胳膊肘一夹，迅速从后围墙跳出去，溜之乎也！

4

虽是一身男军服，简直就是量着汪可逾身体做的，她百分之一百满意。

不想没过两天，汪参谋说棉衣絮得太厚，穿着燥热。她脱下来，按照内务条令要求，有棱有角叠在那里，看样子这一冬她是不打算再穿的了。几天以前，她还总说怕冷。曹水儿嘴上不讲，内心紧张极了，不知道出现了什么异常情况。

很快，汪参谋连单军服衬衣也不穿了，已经完全不在乎裸露身体，仿佛她不是与一个大个子男人，而是与一位闺蜜好友生活在一个溶洞里。她的一件小裤头穿了多年，近来出现浮肿，紧紧绷在身上很难受，要曹水儿用匕首帮她划开。

骑兵通信员小心翼翼地按住女人下腹，匕首锋刃向上，嗞的一下将内裤挑开。他大为吃惊！先前发现汪参谋一绺一绺掉头发，眉毛也变得稀少了，现在……

汪参谋知道对方为什么会那样吃惊，她自言自语说："曾几何时，我对自己身体发育充满了恐惧感。讲不出为什么心慌意乱，竟然大哭了一场，现在倒好……"

曹水儿背转身默然地走开了，不祥的预感愈加强烈，汪参谋没有问题便罢，有怕就到了最紧要的关头了！

汪可逾开始拒绝进食，只是不住地饮用山泉水，喝一两口水下去，能呕吐一碗出来，里面有一些很小的颗粒物。因为大量咳痰，又不时地要求漱口，曹水儿捧着竹筒在一旁照看着，整整一天一夜不间断地在漱口。可以想象，呼吸系统和消化道，包括口腔内的所有污物，都被清除干净。

在接连九天粒米未进的情况下，忽然又是接连数日出现异常排便，大便黏稠颜色发紫，呈喷涌状，肠道系统得到了彻底清理。仅

## 第二十三章
### 这是你一生中最大的荣幸

此一项护理工作，就够曹水儿忙得个不亦乐乎，每一次都要帮她清洗干净，即时把排泄物运送出去。

原来两个人有说有笑，现在总是长时间沉默着。彼此都希望找出一些愉快的言语，来宽慰对方。

"曹水儿，别这样忧心忡忡的，就好像我是熬得过初一，也过不去十五了。"

曹水儿伤感地说："我这个人满口的脏话，天生的不会说笑。我本应该编出多少逗乐的话来，让汪参谋一天到晚好情绪，什么病呀灾的根本就找不到你名下。"

"你照顾周到，让我完全丧失自理能力，冷和热都说不清楚，并不是什么大病缠身。"

# 第二十四章 现代人的听觉依然处在休眠期

1

虽然汪参谋已经多日粒米不沾了，但是曹水儿每天夜间照常外出"化缘"，想方设法弄到一点好吃的，比如汤圆、蛋羹、绿豆糕什么的，可是一概被她推开了。

今晚"武装化缘"返回途中，曹水儿忽然发现，他来到了汪参谋埋藏古琴的地方。他很纳闷，进入大山区走了三个夜晚，怎么一下就回到了原地呢？再想，当时背着汪参谋，时时要躲避敌人搜山，实际上并未走出好远，仍是在军分区驻地一带绕圈子罢了。

曹水儿先在石壁上找到了他用匕首刻下的那个"宋"字，朝正南方向走出九九八十一步，确定无疑，正是此处。他扒开土层石块，露出了包装木盒，撬开木盒看，古琴并没有明显损坏。

汪参谋恨不能千恩万谢，她早想要曹水儿帮她找回古琴来，知道是给人出难题，就没有提，不想今天带给她一个特大惊喜。

汪可逾从三岁起，就跟妈妈学琴，母亲很快知道自己教不了啦，特为女儿聘请了最有声望的古琴老师。她公开承认，这一张宋琴我消受不起，注定是归属于我们可逾名下，女儿的天赋足以让母亲引以为自豪。

"当初妈嫁到你们汪家来，唯一的陪送就是这张古琴，日后你出阁，只管带走就是。"

## 第二十四章
### 现代人的听觉依然处在休眠期

二哥决心奔赴延安，汪可逾也要跟着去。各项准备都就绪了，只有一件事尚未确定下来——让不让女儿带这张家传的宋琴走。事到临头，母亲撕毁了主动做出的承诺，她终于还是舍不得。

丈夫私下劝告她说："女儿要出远门，踏上她毕生的旅程了，说个不吉利的话，未见得还有回来的一天。你比任何人都更清楚，古琴对于这孩子意味着什么。不给她琴，让她空空落落地上路？"

一天，女儿练完琴，忽然问母亲："妈，我想，延安那地方虽然是偏僻一些，也不会没有弹古琴的人吧，您说呢？"

母亲说："那倒不会的，怎么说也是一座文化名城，老年间是设了州、府的。如果真是连一张琴都没有，你带去的这张宋琴，就是革命圣地的头一份了。"

"这么说，您同意我带琴走了？多谢妈妈！多谢妈妈！"

女儿用力拥抱母亲，连连亲吻着母亲的面颊，一个无法破解的难题就此冰化雪消。

汪可逾一把将她的古琴揽在怀里，脸紧紧贴住琴面，许久许久，两行泪水滴落在琴面上。她双手颤抖着，将古琴从木盒中取出，由琴面到琴背，一寸一寸抚摸查看。

"岳山"下面出现一条细缝，"弦眼"也大部分有开裂。更加致命的是，"龙池"与"凤沼"受强力挤压明显变形。圈子内的人都知道，古琴槽腹中至关紧要的一着，就是"龙池""凤沼"两个出音孔制作上的精微奥妙，否则便弹奏不出古琴那种令人陶醉不已的独特音调。一张名贵的家传宋代古琴，就此毁于一旦。

汪可逾默默地将琴弦一根一根卷作一个小环状，保存在木盒里。琴没有了，还要琴弦何用？

当初，每隔十天，汪家姑娘便要帮妈妈用桃树脂将琴弦清洗一遍。七根琴弦仿佛活物，都是用数十根、上百根蚕丝线缠绕合成的，养护方面稍不上心，纤细的丝线就会脱落给你看。多年相伴走过来了，汪参谋怎么能忍心将琴弦丢弃呢！

2

汪家的这张琴，带有明显的宋琴时代特点，通体为一色，漆胎细腻，色泽温润，看上去单纯而不简陋，朴实又不见粗鄙。琴身长约三尺六寸五，宽约六寸，厚约二寸。琴弦长度约一百一十二厘米至一百一十八厘米，琴身弧度渐次扁平化，造型古朴工整，以简约实用为美。小时候，汪可逾总是向一起学琴的小朋友夸口说："我妈妈的这一张嫁妆宋琴最好不过，你拿'九霄环佩'来，我都不会换给你的。"

她讲的"九霄环佩"，是唐开元年间四川制琴世家雷氏的标准制作。据说全世界只有不到二十张唐琴传下来，大多没有留下年款。这一张唐琴，从年款证明是皇家所藏。以梧桐作面，杉木为底，通体髹紫漆，呈现小蛇腹断纹，纯鹿角灰胎下用葛布为底。琴上留有黄庭坚等名人题跋及复款，琴足上方有苏轼楷书诗一首："霭霭春风细，琅琅环佩音。垂帘新燕语，沧海老龙吟。"

若论文化背景及收藏价值，唐代名琴不是二百八十九年以后的

## 第二十四章
### 现代人的听觉依然处在休眠期

宋琴可以望其项背的。不过，那要看怎么说了，如果就古琴本质文涵层面而论，世世代代在民间流传下来的好琴，可就不仅仅是负有盛名的几张极品了。

第一代宗师雷威"遇风雷独往峨眉，酣饮着蓑笠深入松林，听其声连绵悠扬者伐之，斫以为琴，妙过于桐"。这里所说的峨眉松，其实就是杉木。汪家的宋琴与"九霄环佩"同样具有雷琴的这一大特点，不拘泥于纯粹使用梧桐、梓木，而是以杉木打造，在池沼间裱以桐木片，却比桐木制作更加优越。这是雷琴制作的一大秘密。

在槽腹制作上同样另辟蹊径。然则由唐至宋，涌现出了多少斫琴能手，破解雷氏的此项不传之妙又有何难？汪家的宋琴与"九霄环佩"异曲同工，一样是在琴腹微微隆起的纳音中间，开出一条深约五分宽约一寸的圆沟，使"龙池""凤沼"两个出音孔变得稍显狭隘，以延长共鸣箱余音的扩散。加之有效琴弦长振幅大充分发音，声更见宽厚而圆润，松透而清越，如击金石。于是才得以充分发挥古琴所特有的"走手音"绵长不绝的内在气韵。

倒不是说，自己用过了多年的琴，管它怎么样，也都会自视为国之瑰宝。一张琴，追求音色绝佳，其外你还要什么？

3

曹水儿记起，汪参谋不止一次对他讲过，古来许多诗人大学问家，在他们的诗文中同样论述道："在人不在器也，若有心自释，无弦可也。"曹水儿心想，如果不是汪参谋身体衰弱到了这么严重的地步，不要琴弦，她也会抱着她的宋琴痛痛快快弹奏一个够，现在一切都结束了，提不得了。正在这时候，汪参谋喊他："曹水儿！来，请帮我净一净手！"

骑兵通信员抱起竹筒，用山泉水为汪可逾冲洗双手。他本想用树叶擦干了那水淋淋的一双手，汪参谋嫌树叶不洁净，她宁可像手术大夫那样，戴上消毒手套，两臂举在空中，不许有任何接触，一直等到双手上的水自行晾干。随即见她十分困难地将两腿收拢，勉强完成了一个盘腿姿势，将那张宋琴平平正正地摆在受伤的大腿上，开始在光光净净的琴面上弹奏起来。

第一首乐曲《高山流水》尚未弹完，曹水儿发现情况不对，连忙用手电筒去照看，哎哟！果然汪可逾的左手出血了！这张琴埋在地下好多天，粗粗拉拉的，又没有弦，不把人的手磨出血才有鬼！

"汪参谋，你的手流血啦！"曹水儿惊呼。

"只管听琴，不要看我的手！"汪参谋继续弹她的琴。

第二支琴曲是《幽蓝》，第三支《酒狂》，接下去是《秋夜读易》《平沙落雁》《渔樵问答》……

随着古琴三音交错幻化，群山万仞，江河纵横，海天一色，薄雾流云，月落日出，乌啼蛙鸣。平平常常司空见惯，石破天惊闻所未闻。出自古史典籍诸子百家，或纯属玄思异想天马行空。凡此悠悠不已物是人非，无不在呼应着七根琴弦的颤动荡漾，无不涵盖于乐曲旋律的起承转合与曲折跌宕之中。

# 第二十四章
## 现代人的听觉依然处在休眠期

懂琴的人，多是闭上眼睛听的。曹水儿正相反，主要是观摩弹琴人的指法变化，满足他的欣赏。今晚月光皎洁明亮，借着山岩缝隙透入溶洞，曹水儿一如往常，仅凭女文化教员的指法，即可认定她正在弹奏的是哪一支曲子。有弦无弦，并不影响他进入"洋洋乎！诚古调希声者乎"的沉醉状态。

### 4

一曲终了，转入下一曲。注意到小汪使用了一种特有的指法——蛇形鹤步，曹水儿知道，正在弹奏《关山月》，这是他最熟悉最喜欢听的一支曲子。

忽然，曹水儿听到远方传来马的嘶鸣声。集中注意力倾听，哎哟！是"滩枣"，没错！他匆忙地对汪参谋喊了一声："滩枣！"抄起手电筒，撒腿向溶洞外跑去。

汪可逾弹毕《关山月》，遵照传统，将双手轻轻按住琴弦，稍待一时，作为一曲结束。虽说琴面上光秃秃的，没有琴弦了。

很快，曹水儿回来了，一屁股坐在那里，垂头丧气一言不发。

"你该没有弄错吧，难道真的会是它吗？"

从汪可逾问话明显听得出，她内心深望对方给予肯定的答复，又生怕他尚有些犹豫未决。这可不是闹着玩的，她必须得到百分之百的确认。

"汪参谋，你别故意气我了！生生死死，一起相处多少年，怎么能弄错了,连后臀上的火印'9'号,我都看得清清楚楚。"骑兵通信员十分懊恼,又颇为伤感,"相距那么近,它就站在溶洞口,安安静静的,发现是我,掉头就跑。任凭我死命追赶,不住地打口哨,头都不回一下。"

汪可逾异乎寻常地激动,全无血色的面孔竟有些泛红。她久久不语,让自己过度的兴奋冷却下来,而后才开口说:"曹水儿!我怎么感觉,'滩枣'像是听见我弹《关山月》,才来到这个溶洞口的。"

这个话是从哪里说起?太不着边了,曹水儿不知该怎么回答,只是没完没了地在发笑。

"别那么傻笑!你该还记得,那一次'滩枣'听到这首曲子,大老远跑来,咣啷一下把我的窗户都撞开了。"

"我的汪大参谋!那时候它是真真儿地听到了你的琴声,现在七根弦一根也没了,它能听到个鬼呀!"

"那么我问你,进这个溶洞两个月了,总也没发现'滩枣'来过。前面我弹了十多支曲子,老长时间,也没有见它来。刚刚在弹《关山月》,你就听到了它的叫声,你怎么理解?"

不能否认,女文化教员这个话倒是蛮在理的,可是曹水儿完全听不进去。为了不使汪参谋太过失望,他装作认真思考的样子,连连点头,似乎已经接受了汪可逾超乎一切声响概念的这种奇特的想法。

汪可逾完全沉静了下来,对曹水儿说,又像是自言自语:"古人写《琴赋》,开篇就讲,万物有盛衰,唯音声无变化。可不是吗,你

## 第二十四章
### 现代人的听觉依然处在休眠期

听到了一个声音，在你听觉里保留下来的，永远就是原先那样一种音质，无法增添或是减去一点什么，也永远不会消失。那么，我们的先人制作出的第一张古琴，弹奏出的第一个空弦音，毫无疑问，应该还存在着的。如果能给我一次机会，只要一次，领略一下旷世以来第一个原生的古琴单音，我死而无怨！很遗憾，现代人的听觉依然处于休眠期，哪听得到？我想，或许在一种什么情况下，我们的听觉有望被唤醒。"

## 第二十五章 一个永不腐朽的句号

# 1

人们要出远门，盘算着要带哪些不可缺少的东西上路，想想还有什么，别落下了哪一样。

汪可逾反其道而行之，从母亲肚子里出生以后所有东西，一样也不带去，绝对的。想想还有什么？从她腿上的骨伤看，那一副小夹板至少还需用两至三个月。管不得那么多了，立刻取掉。

接下来，又要求用冷水给她擦洗全身。曹水儿拆掉一套棉军服，一小块一小块撕下棉花，蘸着泉水从头到脚仔细擦洗，一遍又一遍，直到身体擦红了。连每一个手指甲、脚指甲，也都用竹签剔过了。

汪可逾要骑兵通信员靠近她，沉默了一阵她说："曹水儿，我的好兄弟！我困得要命，我要睡了。你也打个盹儿吧，好不好？"

"好！我也正想打个盹儿呢。"骑兵通信员随口答应。

紧跟着他想到，不对！汪参谋亲切地称呼他"我的好兄弟"！很有些不同寻常，听得出带有依依惜别的意思，岂不明白是在向你辞行吗？曹水儿一下跳起来，大呼："汪参谋！汪参谋！汪参谋啊！汪参谋啊！"

晋冀鲁豫野战军独立第九旅司令部参谋汪可逾停止呼吸了。

## 第二十五章
### 一个永不腐朽的句号

## 2

骑兵通信员心存一种祈愿，希望能够永久陪同北平女学生小汪，做她的贴身警卫，兼任"星期五"。现在，曹水儿只消将通往前洞的那一块巨大岩石转动一下，后洞即被永远封闭，于是这个神话般美丽的水溶洞，便是这一男一女两位战地之友共同的永久栖身之地，于是轻而易举达成了骑兵通信员曹水儿此生的最大祈愿。

如此圆满的一段人间佳话，理论上是存在的，却并不现实。

这是一宗秘闻，无一人知晓。而流传开来的，不仅不会是一段美好的佳话，最大可能性，是在这一男一女"私自出走"的虚构基础上，更生发出种种传闻。把最卑劣、最龌龊、最骇人听闻的罪名，一股脑儿地倾倒在他们头上。

战争结束以后，如果汪可逾或是曹水儿的亲属心有不甘，前来部队查问亲人的下落，最终将会在独立第九旅实力统计一览表，看到他们名字下注明了两个字——"失踪"，其外再无任何线索可寻。可不是嘛，他们离开军分区，从此不知去向，只能定为"失踪"。

这位强健干练的"星期五"曹水儿，考虑问题太过实际，他的第一个念头，就是趁女军人遗体尚未僵硬，及早转移到前洞去，稍有拖延就无法运出去了。幸好荆条编织的那条"褥垫"还在，将遗体放在上面，古琴摆在靠边，用荆条固定好了，花了一整天时间，才慢慢运到了前洞。

令曹水儿始料不及的是，转移到前洞来将近二十四小时了，汪参谋的体温一直没有下降，各部分肌肉以及四肢的血管弹性良好，未见一点点僵硬迹象。曹水儿先是吓了一跳，人究竟算是在，还是可以说已经过去了呢？

3

汪参谋体温在慢慢冷却下来，却又并不是那么冰凉冰凉的。一个星期过去，额头上出现圆形紫色斑，手指尖明显有充血，皮肤开始松弛，皮下逐渐显现红色液体在流动。但身体仍保持了极好的弹性，一些主要关节，特别是颈关节一直未僵硬，头部可以灵活地转动。

愈加令人惊讶的是，汪参谋头顶冒出了新生的头发茬儿，眉毛也长出来了。弹古琴的人左手要按琴弦，从不留指甲的，现在反而长出来好长了。曹水儿立即用匕首为她修剪了指甲，仿佛她等着要弹琴似的。

十天以后，皮肤下面显现出充气现象，全身犹如气囊。随后身体各个部分表皮出现破损，大量淡红色液体排出体外。一个月出头，充气现象逐渐消退，内部液体基本上外排已尽。躯干四肢恢复原状，面容如初，自然安详，成为紫红色晶莹透明的干燥遗体。全身未见任何腐败迹象，也没有一点点不好的气味。

曹水儿以为，遗体呈晶莹透明状，只不过是出于他本人的感觉。在昏暗光线下，他用手电筒照射脚掌，如玉雕一般泛出浅淡的血色光亮。记得夜行军途中，汪参谋脚上扎了一根刺，要他帮助挑出来。

## 第二十五章
### 一个永不腐朽的句号

手电筒照射之下，正如现在所看到的脚掌一模一样，每一个趾头都像是一个点燃着的小灯笼。

人类遗体长久保存，通常有几种情况。一是施行现代医学防腐处理；二是长期冰冻；三是在沙漠中或在埃及金字塔内等特殊条件下成为木乃伊；四是宗教徒坐化，经密封处理深埋地下。汪参谋与这四种情况不同，她始终处于自然环境中，不曾离开过这个溶洞。

呜呼！我们的女主人公停止呼吸前后的一系列生机能量活动，实在不是常规思维能够做出解释的。过后很多年，九旅的老同志们仍在纳闷。为寻找到答案，有人竟发挥奇思妙想，将这种特殊生理现象与宗族姓氏挂上了钩。

查阅《辞海》上的"汪"字，品味那短短一两行注释文字，果真颇有些讲究的。"深广貌。汪然平静，寂然澄清。"凡汪姓者，其内心空间自会深而广之，如一汪池水，平静息止不起涟漪；又当寂然不动，即如浊水澄清而明净透彻。

这个北平女学生历经几度烽火岁月，以及战争史上最残酷的所谓"剔抉扫荡"，却依旧保持了她特有的人生姿态。或许是预感到行将离开这个世界，她一步步有序地完成了一尊女性人体雕塑，为自己画上了一个完美而永不腐朽的句号。

4

骑兵通信员曹水儿总是处于亦真亦幻的感觉中，他简直无法向别人表述眼前所发生的这一切。倒是意识到了，从现在起，他义不容辞要肩负起保护这一尊人体雕塑的责任。

汪可逾临行前，拒绝自己身体留有一丝一缕，不能考虑重新给她穿起军服。可是，长年累月这样赤身裸体陈列在溶洞里，曹水儿感情上实在又过不去，以致成了他的一块心病。

南渡黄河前，野政文工团来九旅演出活报剧《赶走红毛鬼子》。剧中一个场景，是美军驻上海总领事馆客厅，除沙发茶几外，墙上挂了一幅油画少女像。最让舞台美术组诸位犯愁的，就是这一幅彩色画像了。不要说没有油画颜料，就是有颜料，那样朴实纯真而又带有些许山野气息的一个西洋村姑，有谁能画得出来？

美术组长灵机一动，挑选气质上相吻合的女演员来扮演油画村姑，一个大难题便可迎刃而解。在二道幕上留空一扇敞开的"窗户"，幕布后面放一张方桌，女演员站在桌上，恰好腰部以上可以出现在"窗口"。另一个人高举画框，站在女演员背后，齐了！从观众席看上去，一幅西洋油彩画，端端正正挂在橘红色墙壁上。

导演瞄上了九旅司令部参谋汪可逾，邀请她"客串"油画少女。长长的假发披散开来，遮掩了部分面颊，直达腰肢。又把衣领翻下去，裸露出脖颈及锁骨，用漂白洋布松松拢拢包裹身体，做出无数个褶皱。聚光灯向画框投射过来，一位长发少女，洁白光亮，高雅自然。

汪参谋是九旅标准的女八路，照画中少女装扮起来，愈加楚楚动人。台下观众，其实没有几个当真是在看戏，绝大部分人的目光

## 第二十五章
### 一个永不腐朽的句号

全被那个动人心魄的油画村姑吸引过去了。骑兵通信员曹水儿承担了托举画框的任务,他完全被剥夺了一饱眼福的机会。

曹水儿灵机一动,拿定主意要弄到一匹白布,将汪参谋遗体包裹起来,做出无数个褶皱,看上去活活就是那一幅油画少女像。

他为自己的这个主意激动不已。

## 5

午夜时分,曹水儿潜入这个环山而建的小县城,一声狗叫都听不到,简直就是一座死城。他寻到一家布店,轻轻撬开了门,用手电筒四处照射,发现一个老婆婆蜷缩在床下。见是红军同志,老人家才不那么惊吓发抖了。

"婆婆,你这里有白布吗?"曹水儿急于进入正题。

"除去我这个老不死的,任什么都没得。"老人有气无力地说。

"我给钱,给你六块光洋。"

老板娘不再作声,显然她是被对方的出价惊呆了。照市价讲,拿下这家小店也是富富有余的了。老板娘翻腾了好一阵,拿出一匹白布来。曹水儿认得,不是当地人织出的那种粗粗拉拉的土布,而是光光净净的宽幅漂白洋布。曹水儿不再废话,将光洋摆在老婆婆面前。

令人目瞪口呆的一笔大交易,就此办理完毕。

曹水儿自顾一路奔跑,希望天亮以前还能赶回溶洞。哪里知道,他一出布店门口，就被军分区巡逻小分队给盯梢了，脚下有什么东西绊了一下，狠狠摔倒在地。抬头看去，一长一短两条枪对准了他。他认出了，手持二十响匣枪的正是军分区警卫连连长。

"连长！我以为是谁呐，原来是你老人家！"曹水儿打着哈哈。

连长很客气的样子："噢！是我们的曹大警卫！"

"大水冲了龙王庙，一家人不认一家人了。"曹水儿站起身来。

"一个多月以前，你混进分区后勤处，偷了两套棉军服。你小子尝到了甜头，竟敢跑进县城来作案了。"连长指指曹水儿臂弯下面掖着的那匹白布说，"人赃俱在，你还有什么可说？"

显然警卫连长有所误会，以为姓曹的非偷即抢。曹水儿故意不予说明，想逗一逗他们："别张口偷闭口抢的，不跟你们这些混小子啰嗦，我要见'一号'！"

连长轻蔑地一笑："好吧！到'一号'那里，看你的嘴头子是不是还会这么硬。"

# 第二十六章

## 『一号』首长深觉愧疚与羞耻

1

军分区部队陷入敌人重重包围。赶上了桂系部队,最擅长打山地战。而我们部队,进入山岳丛林地带就找不着东西南北。包围圈愈来愈加紧缩,看来,曾被授予"夜老虎团"荣誉称号的这支英雄部队已经走到了尽头。

司令员齐竞不得不向部队做了"最后动员",要求每一个干部战士抱定必死的决心,直至与敌人同归于尽。"包括我这个'一号'在内,发现我有一丝一毫的动摇,都有权对我开枪,执行战场纪律!"

电台台长接到命令,立即销毁电台及全部通信设备。

阵地上死一般沉寂着,只待敌军发起总攻的信号弹划破夜空。仿佛空气已经完全凝固了,让人神经紧绷即将爆裂。然而一分钟一分钟过去了,一个小时一个小时过去了,仍旧听不到任何一点响动。只见译电员风风火火地跑来,将一份电报呈递给司令员。

齐竞火冒三丈:"已经命令销毁电台,怎么还在收报?"

"这部电台还八成新,台长有点舍不得。"译电员怯怯地回答。

"这是什么混账话!叫你们台长来!"

见是鄂豫军区转发野战军前指来电,他还是先自看完了电报。

电文大意是讲:我们与陈粟、陈谢三路大军,内外线紧密配合艰苦奋战,不仅在大别山开辟了新局面,并且创建了桐柏、江汉解放

## 第二十六章
### "一号"首长深觉愧疚与羞耻

区,使豫陕鄂与豫皖苏两解放区连成一片,彻底粉碎了敌人中原防御体系。敌人不得不决定从大别山调出十三个旅,以确保长江防线及武汉重镇等战略要地……

齐竞从头到尾看了电文,像是没有看懂。怎么回事? 怎么回事? 正准备流尽最后一滴血,忽然探马报道,司马懿大兵倒退四十里! 这个戏剧性变化来得过于刺激,他无异于被雷电击中,双目紧闭,一动不动,让自己从极端惊骇冲动中镇定下来。许久,他忽然精神抖擞地大喊一声:"警卫员! 水!"

根据野战军前指来电精神,齐竞在军分区党委扩大会上对当前工作任务做了具体部署。要求进一步放手发动群众,加速新区建设,争取在大别山站稳脚跟,以迎接更大的战略机遇到来 —— 打倒蒋介石,解放全中国!

扩大会议开了整整四十八小时,还没有结束。"一号"收起文件,先自离开了,他急于要见骑兵通信员曹水儿。

## 2

曹水儿迎上前去,哭兮兮地说:"首长! 你处分我吧,我没有照顾好汪参谋,她、她、她病故了。"

"是什么病?"齐竞似信非信。

"她,实际上她什么病也没有。"

"不是你自己说病故了吗?"

"我、我、我说不清楚。"

"二十四小时陪同在身边,你说不清楚,谁能说清楚?"

"汪参谋的身体情况,以后我再慢慢汇报。领导上要我负责警卫工作,照顾她的生活起居,前后两个多月,我没有出过任何差错。人是没了,有一句话,我可以当首长面做一个负责的交代。我曹水儿清清白白,从来没有碰过汪参谋一指头!"

齐竞连连摇头说:"今天不讲这些,今天不讲这些!"

曹水儿忍不住发作:"信不过我是不是?请把话说明白了!"

"得了得了!我没有那个闲心听你东拉西扯。"

曹水儿登时暴怒,一把抓住齐竞的领口:"你不相信老子,老子也就不想跟你啰嗦,你放我走好了!"

司令员的两名现任警卫眼疾手快,一把匣枪顶住了曹水儿后脑,另一根枪管直指他的后心窝,霎时间已成千钧一发之势。

司令员高声喝道:"把枪放下!把枪放下!"

两名卫士收起了匣枪,曹水儿也便松开了他的手。齐竞整理好衣领,向两名卫士发出指令:这里没有你们的任务,可以到外面去。两名卫士只得从命,有意将房门大敞着,以便随时采取行动。

齐竞转对曹水儿说:"你这样野蛮,嘴里不干不净,自己觉得合适吗?"

"你不承认我这段时间的工作,那就一切都谈不上了,别指望我嘴里会有个毬的什么好话!"

"一号"赔笑说:"怪我词不达意,引起你的误解。任务下达给你

## 第二十六章
### "一号"首长深觉愧疚与羞耻

了,当然是百分之百信任你,不然我不会把人交给你的。"

"多谢首长!就算首长心里并不一定是这样想的,嘴上说说,让我们这些当警卫员的听着,多少也会好受一点。"

司令员沉下了脸说:"好了好了!下面该讲一下你自己的问题了。保卫处要捆绑你来见我的,是我阻止了他们。"

曹水儿扑哧一声笑了:"他们搞误会了,那匹白布我付了钱的。六块大洋,首长不信可以派人去调查。"

"花那么多钱,买一匹白布,打算做什么?"

"我计划用白布做出好多好多的褶皱,给汪参谋遮盖一下身体。照讲一匹布值不了几个钱,我想这六块大洋,原是准备安置汪参谋,支付'坚壁'户的费用。人不在了,留这么些钱干什么?连装钱的米袋子,我也一起送给了布店老板娘……"

"你说要用白布做出好多好多褶皱,是什么意思?"

骑兵通信员讲起汪参谋在《赶走红毛鬼子》一剧中扮演油画少女的事。曹水儿是笑着说的,却又禁不住摘下军帽擦抹着眼泪。同时他吃惊地注意到,"一号"首长竟漠然处之,似乎汪参谋的事情和他姓齐的毫不相干,一下子把脸拉得老长,很吓人的样子!

曹水儿心里咯噔一下,预感到不妙,莫非摊上什么大事了?

3

司令员狠劲儿把一张纸拍在桌上:"你先看看这封信!"

一封告状信。八里畈保长女儿告发,她遭受到解放军战士曹水儿强奸。被告本人目光扫了一遍信文,似乎倒也并不感到意外。

"你老实说,这事有没有?"齐竞逼问。

"有!"曹水儿随口回答,"要向首长报告一下吗?"

"我实在是听够了你这些没脸没皮的事!"

曹水儿没有一句抵赖,从头到尾交代了他和"原告"在灶火台上的苟且之事。然后,像是吃到什么酸得要命的东西,挤眉弄眼地做出一个奇特表情说:"不过我弄不懂,什么情况就算是,什么情况那根本算不上?"被告出语文雅,避开了"强奸"二字。

齐竞毫不怀疑曹水儿一番陈述的真实性。两只自由的鸟儿,这只参一下翅膀,那只翘一下尾巴,都会迅即得到对方回应。要区分哪一方主动哪一方被动,几乎是不可能的。在曹水儿和原告这一双男女之间,完全不适合使用"强奸"二字,那无异于别人害病,让他们两个服药。"一号"连连摇头,带有同情与怜惜的语气说:"曹水儿呀曹水儿! 一桩案件定性,不是听凭被告的口供,是看起诉书最终能不能成立。人家的起诉成立了,你这一套茴香大料样样齐全的说辞,一概都是胡扯。且不说这种事情你有,就算是压根儿不存在,纯属造谣栽赃,你也是难以洗刷干净。更何况事实俱在,人家咬住不放,你让我拿你怎么办?"

"我不是个东西,又给首长捅娄子了。"曹水儿嘟嘟哝哝说。

司令员一下火冒三丈,攥起拳头擂击着桌子说:"抡着一根拨火棍,满世界乱来一气,天不怕地不怕。好了,倒要看你该怎样逗这

## 第二十六章
### "一号"首长深觉愧疚与羞耻

个英雄,充这个好汉!"

像被刺穿了的皮球,彻底泄了气,曹水儿蹲在地上,双臂弯曲抱住脑袋。"一号"踱步绕着他转圈圈,语重心长地说下去:"事情弄到了这一种地步,我这个当首长的,实在找不出一句宽慰你的话。板起一副面孔,跟你讲一通大道理,只能招你怨恨。可是这些话不讲出来,我就更加对不起你了。

"你知道,现在虽说敌情大有好转,群众仍然不相信我们,总说,'此时什么话都不消讲,你们把汉口打下来,再来跟我搞宣传!'白天刚把土地浮财分到了手,天一黑就赶快给地主送回去了。这样下去,怎么能在大别山站稳脚跟?

"当前违法乱纪现象严重,引发群众反感情绪很强烈。必须痛下决心整顿内部,最短时间内煞住这股歪风,否则根本谈不上什么发动群众,谈不上什么创建新区根据地。突出事件该查的要查,该抓的要抓,够得上判死刑的,决不能手软……"

"首长别讲了,我懂,我撞到枪口上了!"曹水儿双手捂着脸,语音阴沉地说。

"今天当着你的面,我要讲的全讲了。明天上了公审大会,我不好再和你讲话。宣判的时候,你一定不要闹,群众吼你骂你,不要还口,你能不能做到?"

"首长放心,我肯定配合就是啦。"

曹水儿这句话,让齐竞鼻子溜溜地发酸,他不予擦拭,任由两行热泪流下来。

与跟随自己多年的骑兵通信员做最后一次谈话，齐竞很有些发怵，怎么谈呢？简直无法张口！想不到事情竟会是如此顺利，没花费多少时间，一下就谈通了。

　　通是通了，让齐竞内心七上八下无法平静，自知是借用了过于庄严过于凝重而又饱含了激发性的政治话题，情感极度冲动之下，这个四肢发达头脑简单的年轻人于是一切顺从。

　　齐竞大为懊丧，何必要由他亲自出面来做什么说服工作，任由曹水儿到公审会上大闹一场好了，指着鼻子把他这个"一号"首长骂一个狗血喷头，倒还好受一点。"一号"首长深觉无尽的愧疚与羞耻，身体禁不住连连抖索，简直无地自容。

　　齐竞高看自己了，认定是凭三寸不烂之舌，说服了他的老警卫员。非也！实则这仅仅是与曹水儿活得过于粗线条密切相关。活扑棱棱的一条性命，在曹水儿自己意识中却轻飘飘的，只是占有一个无关痛痒的位置。"首长放心，我肯定配合就是啦。"你拿什么来配合？一语定生死，竟然脱口而出，仿佛孩提时代对某个小伙伴做出某一项小小的承诺，不假思索，彼此小拇指拉一下钩，誓言成立，永不失悔。

　　司令员做成一支卷烟，恭恭敬敬地递给骑兵通信员曹水儿，后者双手接过来，连连点头致谢，叼在唇边，失神地默默等待着。齐竞随即擦着了火柴送上前来，曹水儿这才忽地醒悟过来，怎么可以让司令员给自己点烟呢？他再三推却，直至火柴熄灭了。齐竞划着第二根火柴，仍旧送上前去，骑兵通信员只好接受下来了。

　　两人许久默然无语，不停地喷吐着草烟，屋内什么也看不见。

# 第二十七章 接受处决而不接受五花大绑

1

稍有政治敏感性，自会加以分析。八里畈区被敌人自夸谓之"清区"，反动势力很强，显然是有高人出头，精心策动了这一场桃色风波。其中来龙去脉，当地人心里不会不清楚。但无一人勇于冲破封建宗族观念，冲破保甲政权的严密管控，站出来揭开内幕。已经传出谣言，说因为强奸犯是军分区司令的贴身马弁，逍遥法外不了了之。外地群众完全不了解内情，人云亦云，添油加醋，唯恐天下不乱。

执行问讯任务的两个女同志，千方百计说服保长女儿，要她如实举出一些有力的旁证。她们巴不得原告会滔滔不绝大谈事发经过，那样她的证词里便难免出现许多漏洞，或可更加有利于曹水儿。结果一无所获，告发人一口咬定是强奸。

在九旅，曹水儿因为那些传闻，注定了他不可能那样大红大紫。不过，毕竟从死亡线上救出过好几位前线指挥员，也包括现任军分区司令员在内。现在竟落到了这步田地，总还是让人难以接受。有那一种过于激烈的人，跳出来仗义执言："保长的女儿，一个反动家属，干了不就干了！"

有人不便公开为曹水儿鸣冤叫屈，阴阳怪气儿地为他辩解，说什么"大象交配只有几秒钟，然后是漫长而又漫长的等待期，要足足等上二十年，才获准有权进行下一次交配。可惜呀可惜！当初曹水

## 第二十七章
### 接受处决而不接受五花大绑

儿转世变成大象，就不至于那样猴急猴急地犯错误了"。

就部队反应看，很有必要自上而下统一一下认识，否则会引起部队思想混乱。现在就看领导怎样一锤定音了。

一些人认为，问题集中在区分强奸还是通奸。强奸，过线了，死而无怨。通奸，两厢情愿，还在红线以内，只看给一个什么处分就是。有人持相反意见，认为划定一条红线毫无意义。你说他还在红线以内，请问，对于八里畈以至全区群众怎么交代？看管俘虏，照样胡来，原先就该执行战场纪律的，从哪方面讲，都不算是冤枉他。

军法处处长慢吞吞地打开他的卷宗，不温不火地说："我这里有一份内部通报，是这段时间判定的几个死刑案例。第一例，司务长带了几个兵，在堰塘里网人家的鱼吃，判了！第二例，有个班长烤火取暖，几间瓦屋被烧毁，判了！第三例，一个副连长，抢了老乡的粉条，判了！"

军法处处长并未表明他本人的态度，只是纯客观介绍了几个案例，多一句话都没有。但其无可置疑的权威性赫然摆在每一个人面前。通报中有哪个案情，比曹水儿一案情节更加恶劣？危害性更加严重？不必过细衡量，一目了然，此人不判死刑，还有谁能判得上？

齐竞暗自沉吟，案件拖延下去更为不利，应该及早表明态度："既然不杀不足以平民愤，我没有不同意见。一个具体问题，在这里提一下。起诉人使用了'强奸'这个词，我的想法，判决书和执法布告要避免出现这两个字。毕竟是二十岁出头的一个热血青年，是屡次立有战功的一名解放军优秀骑兵通信员。"

九旅老政委发言了："我的齐竞老伙计，你讲得太好了。我一直想组织几句言语，表达出我此时此刻的心情，组织不起来，你一下替我讲出来了！"他忽然来了个急转直下，涨红了脸向"一号"发起了猛烈攻击，"齐竞同志！你早干什么去了？你不觉得你对曹水儿的关心爱护来得忒晚了一点吗？他从骑兵训练大队出来就跟你了，这么多年，你只不过是把他当作你的'四大件'之一，为你撑一撑门面，为你壮一壮声势罢了！"

齐竞强笑着说："都说我们老政委像是慈眉善目的一位老奶奶，其实没有这么一回事。人家伤口淌着血，你竟可以抓一把盐撒上去！"

2

出于安全考虑，军法处决定先给曹水儿上五花大绑。

所谓五花大绑，分为"押解式"（穿小麻衫）：从脖颈到肩头至大臂都被捆绑，大臂被向后缚紧，与颈、肩、上身固定。小臂双手不绑，犯人可勉强自理生活（吃饭喝水等）。又一种称之为"执行式"，也就是正要使用在曹水儿身上的，除捆绑手腕外，连同双臂，以至胸、背、脖颈等部位全都紧紧捆缚。

不料死刑犯激烈反抗，无论如何不让上绑。军法处几个参谋一同上手，要强制执行。曹水儿稍施拳脚，便把哥儿几个打了个人仰马翻，赶快跑去把"一号"首长搬来了。

## 第二十七章
### 接受处决而不接受五花大绑

"曹水儿！要配合执行军法，你答应过的！"司令员正色说。

"处决归处决，绳捆索绑老子不干！"

"这是法定程序，不好免除。"军法处处长厉声说。

"姓曹的活了这么大，什么时候都由着我自己的性子，从不习惯听谁的吆喝。今天给老子来一个五花大绑，我受不了这个憋屈！"

"这是他唯一的要求，可以考虑。"司令员悄声说。

"首长知道，这家伙能耐大了，放开他手脚，极有可能就……"

"跑得了和尚跑不了庙，拿我是问好了！"司令员已大为不悦。

"首长话都讲到了这个份上，我服从就是！"

3

专门搭建了一个公审大会主席台，台口正面红底白字横标写的是："坚决贯彻三大纪律八项注意！加速完成大别山新区建设！"公审大会的主要程序，是听军分区司令齐竞讲话，由军法处处长宣判死刑。部队群众一同高呼口号，犯人表示认罪伏法。

忽然，台下不知为什么乱哄哄闹起来。原来是八里畈区几个民兵，押送保长的女儿前来，说这个女人是八里畈出了名的"皮襻客"，理应来给死刑犯"陪绑"。部队方面当即予以拒绝，公审大会必须保持其极大的严肃性，不可形同儿戏。

八里畈区、乡政权刚刚建立，真正的进步青年多数还在观望，抢先报名加入民兵组织的，是那些勇敢分子及少数流氓痞子。他们见保长远逃去了汉口，撇下了独生女儿在家，便毫无顾忌地要来占这个女人的便宜。

哪里知道，女人独自留守老宅子，并不是有情于他们这几个歪瓜裂枣。他们屡次在女人这里碰了钉子，于是变着法儿将她送来"陪绑"，出一出这口恶气。

一个未婚的年轻妹子来"陪绑"，一出好戏，又加码了，四面八方男女老少，闻讯踊跃参加，会场挤得满满的。可谓歪打正着，完全满足了领导上的要求，原就有意借公审会尽可能扩大对外宣传，以消除纪律废弛带来的恶劣影响。

原告来为被告"陪绑"，不伦不类，太不像话。很容易让人产生怀疑，这个名声在外的"皮襻客"女人，确实是被强奸了吗？如若子虚乌有，又何至于当真的要人头落地呢？

人们好像没顾上往这方面去想，特别是那些尚未成年的半大伢子们，不会遵循明辨是非的理性逻辑去思考问题，他们只有一种难以抑制的共同欲望，寻求精神刺激。一心要看到犯人怎样随着枪声一头栽倒，地上的一层树叶，又怎样飘浮在稠糊糊的鲜血上淌出去老远老远。

有人一次次将保长女儿推向死刑犯，吼叫他们亲热一番，于是大家狂笑不止。孩子们无法弄懂"陪绑"意味着怎样严重的一回事，只管捧起沙土，扬到罪犯和保长女儿的脸上，让他们两个不得不随时吐出嘴里的沙土。

死刑犯曹水儿背过身去，全当"陪绑"的女人与他毫不相干，却

## 第二十七章
### 接受处决而不接受五花大绑

也丝毫不感觉如何羞耻而无地自容。至于保长女儿，简直掩藏不住她竟是那样欢喜。到现在她才弄懂了，所谓"陪绑"，说得那么吓人，无非要她和侉子大哥当众出丑就是。她早就盼望着这个时刻的到来。

### 4

大会宣布验明正身，立即执行枪决！

骑兵通信员曹水儿与保长女儿并排走在最前面，保持了一定距离。他们身后便是荷枪实弹的行刑队，五个士兵一字儿排开，步枪一律上了刺刀。围观的群众一窝蜂似的簇拥着往前跑，抵达了最后的警戒线，齐刷刷地停步下来。胆敢再往前去，吃到子弹只能自己负责。

只有死刑犯与"陪绑"女人，像是有些醉意朦胧，仍旧深一脚浅一脚地继续往前去。从现在起，至行刑队开枪的最后界线，大致还有十多步距离，留给他们的时间如此短暂。但也足够用的了，他们完全来得及把彼此的临别赠言完整地传递给对方，他们有这样的精神准备。保长女儿哭诉道："侉子大哥哟！是他们逼着我写的告状信，不写，就点一把火把我烧死在屋头，你千万莫生我的气。"

曹水儿根本不理会女人讲些什么，他自管嬉笑着说："这位妹子，我对你不起，上次那个锅盖把你的腰给硌坏了。过后我想，太可笑啦！我们为什么不把锅盖翻转过来，横梁扣在下面，锅盖正好和灶火台取平了，多好的一张床呀！"

女人哇的一声大哭起来："什么时候了，你还有心思讲这些。我问你，他们五个当兵的要一起开枪？还是一个打过了换一个打？不当紧的，你只管逃命去，让他们打死我好了！"

曹水儿注意到，女人小便失禁了，她自己并不知道，任由一泡尿水顺着宽筒棉裤流下来。他双臂搂抱女人，将她的头贴近自己胸口："不怕，不怕，他们的枪里没有子弹。"

前面挖好了一个土坑，死刑犯中弹后，正可一头栽下土坑，人们七手八脚铲土下去，便完成处决的最后一道程序。曹水儿还要安慰女人几句什么话，来不及了，他虎着脸子说："你听着！我要开始数数了，数到了三，你必须立即和我脱离，向旁边猛跑猛跑，万万不可回头！一、二、三！"

"我的侉子大哥哟！"

保长女儿尖厉的嗓音划破长空，她疯狂地向死刑犯扑来。不等她接近，曹水儿飞起一脚，把女人踹了一个大跟头，咕咕噜噜滚出去老远。

枪声响了，一个排枪急射过来。

骑兵通信员曹水儿抖动一下，他高大魁梧的躯体像要坍塌下去似的。随即又竭力挺直了腰，因为嘴里含满了血，语音含混不清地喝道："他妈的着什么急，看打着了老乡！"

第二个排枪急射过来，第三个排枪急射过来……

## 第二十八章

## 银杏树　银杏树

## 1

骑兵通信员曹水儿恳切要求,由他带路找到那个"红军洞",然后再执行处决,当即遭到严词拒绝。现在,只能根据他画出的一张地图四处寻找,还好,很快就找到了。

万万想不到,洞里空空如也。汪参谋的遗体不翼而飞了吗?

都在大骂曹水儿,这小子搞的什么鬼!"一号"说不会的,要弄大家一番对他有什么好?想来有两种可能:一、汪参谋住的不是这个洞,另外还有一个洞;二、曹水儿离开这几天,有人发现了这个溶洞,把遗体运走了。于是决定扩大范围,继续搜查。

来到一处山坳里,三面为陡峭的悬崖石壁所环抱,一道瀑布从岩壁上抖落下来,腾起一团团水雾。远远看见一棵高大挺拔而又枝杈稠密的古树,顶端处有两个硕大的老鸹窝。

司令员齐竞走在前面,他首先发现一头完整的大牲口骨骼,白花花的,犹如古脊椎动物展览馆一件弥足珍贵的陈列品。

"滩枣!滩枣!"齐竞自语道。

大牲口骨架,看上去都是一样的,他如何能认得出是"滩枣"呢?作为他的坐骑多年,目光所及便会有感觉,但是他拿不出证明来。本来,一看臀部的火印即可认定,但马皮没有了,火印"9"号自然也就无影无踪。

## 第二十八章
### 银杏树 银杏树

可以肯定,"滩枣"的尸体是被鹰群抢食了,只剩下尾巴在那里,仿佛是特地留下来为齐竞作为凭证的,骑兵通信员把马尾巴编成了许多条小辫子,像新疆姑娘那样,是"滩枣",绝无差错!

找到了用荆条编成的一个长方形的"褥垫",不知干什么用的。司令员看来看去,他由此推断,正是这匹老军马,将汪参谋的遗体置于荆条"褥垫"上,口衔荆条将她拖出了溶洞。估计不可能走出太远,应该就在附近什么地方,要求大家仔细去搜寻。

几个随行人员无论如何不肯相信,"滩枣"怎么能拖着荆条"褥垫"走在陡峭的山石间,而保证遗体不至于翻下山沟里去呢?

"它完全有这个能力!"司令员对他的判断有十足自信。

上党战役中,齐竞从崖头上跳下摔坏了腿,一时无人前来救援。"滩枣"将马褡子摊平了,用头部一点一点把他推到上面去,口衔住马褡子,艰难地将他拖到了包扎所。现在,老军马重复利用了多年前它的这一项创造性措施,只是马褡子改成了荆条"褥垫",来运载汪可逾的遗体。

想象得到,老军马已是奄奄一息,勉强将汪参谋运出来,便卧下动不了啦。成群的鹰鹫在上空盘旋已久,不等老军马死去,便发起了集体攻击,不要几分钟,只剩了一副骨架。

齐竞的坐骑屡立战功,现在更是这等荣耀,竟享受到了如此庄严的"天葬"仪式。他热泪盈盈,捡起一块肋骨,悄悄珍藏在衣袋里。

## 2

在一片乱石中发现了汪参谋的古琴，进一步证实，司令员的推断完全符合事件的真实经过。想是"滩枣"运出汪参谋时，或是这张古琴就摆在遗体旁边，或者是分作两次，先把遗体运出来，特为古琴又往返一趟。中途摇摇晃晃掉落下来，卡在石缝里，只好丢弃在这里。

"一号"从木盒中取出古琴，一个满怀紧紧抱过来，将脸贴在琴面上。然后反过去正过来，仔细观察被损坏处，如同查看一位亲人尚在渗血的伤口。

初次见面，他一眼就认出，北平女学生抱着的是一张宋代老琴，并且随口便背诵出了白居易的诗《废琴》。事情竟然是如此急促，挥手之间已经物是人非。永远不会再有七弦琴弹奏应和，两人联袂上演的一曲异常激越而又足够凄苦的战地恋歌，就此烟消云散。

在黄河渡口，齐竞派曹水儿沿河去寻找小汪，如果找不到人，就把她的古琴坠一块石头沉下黄河。谁会想到，反而是汪参谋把这一张千年老琴留给了他！"一号"将古琴装进木盒，回身交给一名小警卫员。

属于死人的物件，小警卫员难免有些慌张犹豫，没有立即接过去。等他醒悟过来，连忙伸出两只手来接时，首长啪的一下打开他的手，把古琴揽在自己腋下，气呼呼地向前去了。

## 第二十八章
### 银杏树 银杏树

### 3

"在那里！在那棵老树的树洞里！"是谁忽然呼喊道。

所有人的目光全都聚焦于一株大树，接近地面的树干，至少要四五个人伸展手臂，才可环绕对接。年代过于久远了，连接树根的部分出现分裂，形成了大大小小的多个树洞。远远望去，汪参谋遗体背靠树干站立在那里。

难怪，那么多人分头去找，一直没有找到。在人们观念里，一具尸体，肯定是平躺下来的，天哪！她竟是站立着的。人们纷纷发出呼喊，那呼声充满了抑制不住的惊慌与恐惧。

"一号"视力不好，他向树洞里观望许久，没有看见汪参谋的遗体在哪里。倒是辨认出了，面前这一株参天大树，并非普通的一株什么树，而是一株银杏树。显然，这个发现对齐竟来说意义极不寻常，简直不下于发现了新大陆，他激动地对随行人员说："没错！是一棵银杏，小汪最喜欢的树种，又叫白果树！"

有过多次，齐竟佯装自己对古老的银杏树一无所知，总是饶有兴味地在听小汪给他上课。而讲起银杏，小汪总是两眼闪动着激情的泪花，显露出她对于这个神奇树种的喜好痴迷到了何等程度，让"一号"不能不为之动容。

银杏出现在地球上，约两亿五千万年了，是第四纪冰川运动后遗留下来的孑遗植物，历经生存环境变迁的严苛考验，同时代的恐龙灭绝了，古生代植物也绝迹了，唯有银杏坚韧地存活了下来。它的生长演化绵长不绝而又生机勃发，被称为"生物活化石"。

小汪回忆，她每年有两次跟随父母去北京潭柘寺看银杏。春夏时节，扇形树叶葱绿葱绿，显得那样沉静庄重。秋冬之际，又染作金黄金黄，优雅而灿烂。特别是在低角度阳光的照射下，炽烈通明，犹如即将出炉的钢水，点燃起多少摄影家们层出不穷的创作灵感。

小汪不厌其烦地讲起，银杏开花在农历二月，有心观赏，你必须起个大早，在二更以前到达。这种青白色小花，随开随谢，晚到一点，只好等待明年了。当最后一片树叶刚刚飘落，你踮起脚尖仔细去看，枝条上每一个小小的冬芽，全都笑眯眯地张开了口。

"一号"眯缝着双眼，模模糊糊地，向银杏树洞内观察。终于他看清楚了，汪可逾头部微微偏向一侧，两臂松弛下垂，全身呈浅古铜色，骨骼突出的部位，在日照下闪放着光亮。

齐竞暗自琢磨，难道会是汪参谋生前曾向"滩枣"授意，届时请将我的遗体运送到某地某地去吗？绝对不可能！如果不是受人之托忠人之事，那么你便无法解释，并且永远无法解释，老军马为什么如此大费周折，一定要把汪参谋从那个水溶洞里，搬运到这棵银杏树树洞里来呢？

尽管内心存在一个个疑团，但对老军马为汪参谋所做的安排，齐竞却充分予以理解。而且他毫不怀疑，死者在天之灵，也一定会表示十分满意。汪可逾一向随遇而安，更何况落脚在一株银杏树洞里，正是她所祈愿的一生最后归宿之所在。那么，以后的事情不难想象，遗体看上去像是印在那里的一个女性人形，久而久之，完全

## 第二十八章
### 银杏树　银杏树

与银杏老树融为一体了。

齐竟再向前去，观察更清晰些了。汪参谋一条腿略作弯曲，取的是欲迈步前行的那么一种姿态。她显然是意犹未尽，不甘心在两亿五千万年处迟滞下来，想必稍事休整，将会沿着她预定的返程路线，向零公里进发，继续去寻找自己的未来。

4

军分区司令员两眼泪水模糊，看不清汪参谋面部表情，仿佛远远地向他送过来一个微笑，如大家所说的她那种"标志性微笑"。完全不像是在怨恨他，更不至于冲过来咒骂他撕扯他。在这个北平女学生面前，他所背负的债务远高于大别山主峰，而齐竟自认为，汪参谋以她的一死，最最严厉地惩处了他，同时也便原谅了他的一切一切。

齐竟感觉自己成了一个纸糊的人，飘飘忽忽地，终于又一次扑倒在地上。只得两手插入泥土向前爬行，拼命爬呀爬呀！他内心如翻江倒海，却又是一片茫茫然，无异于夜游症发作。他自顾要接近那一具女人的遗体，并不知道自己下一步将要采取什么具体举动。

仿佛一瞬间受到了某种启示，内心欲念那样急切。他感觉自己如来自大沙漠一个干渴得要死的人，终于寻找到一处凛冽清澈的甘泉。只见他双膝跪下，仰面迎向前去，希望埋头于女人两道腹股沟处，深深吸吮生命之泉，以源头活水注及自己身体，才不至于在高温炙烤中被蒸发,化作一股青烟消散而去。

距离银杏树很近了,齐竞忽然注意到,各种小虫虫比如蚂蚁、地鳖、黑虫、蜣螂等绕行银杏树庞大的根部,不停地在转圈圈。却没有一只小虫超越无形的界限,爬到树干上去。他忽然想起,银杏树原本就是不招虫的,不必大惊小怪。

"滩枣"尸体被鹰鹫争抢一空,只剩下了一堆白骨,汪参谋遗体距此不过几步路,却保全了下来,为什么?齐竞推想,那些鹰鹫不同于虫类,却同样不能靠近小汪遗体,显然,这里有人们尚未可知的某种特殊原因,使得鹰鹫对侵害遗体有所忌讳,所以不敢轻举妄动。

人民解放军这个"革命武装集团"中的大知识分子齐竞,竟然一时心虚,以为不仅是地上爬着的虫类,也不仅是天上飞着的鹰鹫,同样也应该包括他本人在内,都必须遵守这个不成文的规矩,只能在古老的银杏树周围打转转,而不可越雷池一步。

不!根本不存在这种可能性,那些虫类禽鸟与我什么相干!齐竞继续爬行向前去。他忽然听到,汪参谋以她一贯的平静语调,在重申她的那一句临别赠言:"齐竞!我从内心看不起你!"

这话音像是经扩音器放大了,那么响亮、那么真切。这是汪参谋对"一号"首长所能讲出口的,最为严厉最为尖刻最为决绝的一句话了,不留任何余地,比臭骂他一通更加刺耳。他全身瘫软,不得不停止下来,难以再向银杏树接近一步。他把脸埋进双手中痛哭不止,全身不停地颤动着。许久许久,他摇摇晃晃站起身呼喊着:"小

## 第二十八章
### 银杏树　银杏树

汪！你不能这样对待我！小汪！你不能这样对待我！"

他自以为呼喊声多么大，小汪应该听得到的。其实，只是发出一阵咕咕哝哝的声音。一时胸口憋闷，感觉有些恶心，热乎乎的一口鲜血吐在地上。他不愿意让随行人员知道，想用脚推着沙土掩盖血迹。然而还没有来得及完成这个动作，他就一头栽倒在地，不省人事。

他的两名警卫员，不知道眼前发生了什么突然事件，一时间手忙脚乱不知如何是好。是谁在旁边厉声喝叫："要你们两个吃干饭的吗？还不快找卫生队长带担架来！"

# 与序曲同步之尾声

战争结束，中、高级将领们早着手在编织升级版的凯旋门之梦。而醉心于军事指挥艺术的齐竞，多年来却心灰意冷，无声无息，彻底把自己封闭起来了。他甚至于发出了这样一个非正式公告："谁都不要来，哪里也不去！"

年复一年日复一日陪伴老将军的，是汪可逾留下的那一张宋琴。琴身早已是残破不堪，唯独靠外面的一根"宫弦"，亦即减字谱上所指的"一弦"，尚可弹拨出声音。老人每天晚间就寝之前，必不可少的，要坐在琴桌前面，久久抚摸着古老的宋琴，间或弹出一两个空弦音。

齐竞特别喜欢养猫，先后有三四只可爱的小猫，在这位老军人身边，享受了它们各自应有的寿数，与老人依依惜别而去。现在，与老爷子形影不离的一只布偶猫，毛发重点色是丁香色，海水一般的蓝色双目微微上扬，是猫类中少见的"丹凤眼"。性情温顺安详，知道怎样适应于老主人的生活状况，一切动作都是不声不响的。

老战友们劝告他多走动走动，齐竞总是解释说："抗战八年，加解放战争三年，接着是雄赳赳气昂昂跨过鸭绿江。差不多忘记方块字了，我得坐下来好好读几本书。和老同志交流太少，很对不起！"

他玩命地找书来看，这倒是实情。图书馆借不来的，只得掏腰包去买。为了节省开支，常常把读过的书拿到旧书市上去，以定价三分之一，换旧书回来。其中一本旧书封面扯掉了，连书名都没有，在封面下的空白页上写有这样两句言语："被揉皱的纸团儿，浸泡在清水中，会逐渐逐渐平展开来，直至回复为本来的一张纸。人，一生一世的全过程，亦应作如是观。"

并非出自古老的经卷，也不是什么具有研究价值的碑文石刻。想来是前一位读者引述自正文，以楷体字规规矩矩抄写在这里的。或是读后摘其要者，记录下了自己的心得与感受。无从考证，不妨就称之为"空白页寄语"好了。

记得汪可逾讲起过，她父亲正要写一幅行草，医院来电话了，告知夫人生了一位千金。父亲大喜过望，一时不知所以，裁下的宣纸边揉作一团，本想丢进废纸篓，却丢进盛满清水的玻璃杯里去了，他仰天大笑，好啊！女儿名字有了，就叫"纸团儿"！

根据小汪的讲述，这位书法家事先并不知道有"空白页寄语"。兴之所至，信手拈来，为女儿取下一个颇有情趣的名字，仅此而已。齐竞感觉，仿佛冥冥之中，书法家与他不曾谋面的一位人士，进行了"心有灵犀一点通"的友好合作，由他写出上篇，"空白页寄语"的作者续写了下篇。珠联璧合，一篇完整的箴言美文就此完成。

齐竞看了一遍又一遍，不禁轻轻读出声来。夜间已经睡下，又打开台灯，聚精会神久久捧读。他身边的工作人员颇觉奇异，不就是几句普普通通的言语吗，为什么竟让他这样精神恍惚，不可自拔？

齐竞原想以原建制部队名义，为汪可逾举办一次正式的安葬仪式，在大别山主峰下那一棵银杏树旁，立一个石碑以供悼念，由他执笔来起草悼文。拖延几年了，脑子总是空空的，不知从哪里着笔。读了"空白页寄语"，茅塞顿开，一挥而就，定名为《银杏碑》。

## 银杏碑

　　汪可逾　于一九二九年十一月二十六日生于北平市一个诗书之家，一九四五年初入伍，在国民革命军第八路军独立第九旅司令部任参谋。一九四七年九月九日在一次战斗中受重伤，次年初春逝世于大别山主峰下一个水溶洞中，时年一十九岁。

　　人的一生，不外是沿着各自设计的一条直线向前延伸，步步为营，极力进取。而汪可逾却是刚刚起步，便已经踏上归途，直至回返零公里。从呱呱坠地，便如同一个揉皱的纸团儿，被丢进盛满清水的玻璃杯。她用去整整十九个冬春，才在清水浸泡中渐渐展平开来，直至回复为本来的一张白纸。

　　与她相识的人，无不希望以她为蓝本，重新来塑造自己。实则她一以贯之的人生姿态，在她本人纯属无意识，莫知其然而然。因此不可复制，别人永远学不会的。只要你着意仿效，便已经什么都不是了。

　　所好的是，她的那个标志性微笑总是会随着一缕春风浮现在我们面前。

祝愿汪纸团儿一路走好！

齐竞泣血顿首敬书

"一号"与身边几个工作人员闲聊，写完银杏碑文，再没有什么值得他牵挂了。言外之意，他可以撒手人寰了！近来，更常常无缘无故提及一个十分敏感的话题——安乐死。并且考证说，这个词语源于希腊文，真正的含义是"幸福地死亡"。

事实上他已经在采取行动。医生每天晚上发给他的三粒安定片，服下两片截留一片，一天一天积存起来，放在抽屉里，用几本书挡着。只待"弹药"足够，便可毕其功于一役。

主治医生早制定了对策，暗中和老爷子在斗法，老人存下的安定片，被他依次替换为维生素C片。大家觉得玩这一种小把戏不是个办法，不如给他揭穿了，每次盯着他全数服下三片安定。主治医生说，给他断绝了这条路，他会另辟蹊径，你一时搞不清楚，怕反而会坏事。先这样对付着，争取尽快打通他的思想。

这天，服务员照顾首长洗了一个澡，为了让他好好睡一大觉，度过炎热的中午，特地把老爷子须臾离不了的布偶猫也给抱了出来，免得它捣乱，然后便紧闭了房门。

不难想象，这个房间里将会发生什么事情。为齐竞预留的时间富富有余，他从从容容将四十多片维C送进口中，饱含冰水，脖颈猛地向后一仰，咕咚一声顺下去了。然后直直地仰卧在床上，将被窝拉至胸口，如正式追悼会上遗体安放那样，只欠了周边摆上松柏枝叶和一丛丛素色鲜花。

往常，布偶猫会蜷缩在老人枕边，随着老人享受一个安逸快活的午休。可它哪知道，老将军为了照顾它一向贪睡的习惯，不辞而别，独自上路了。

没有一个人发出哭泣声，医生护士也都不言不语，所有到场的人一片愕然，久久愣怔在那里。人们无法理解，增强机体抵抗力、促进生血机能的维C片，竟然反其道而行之，夺去了戎马一生的一位老人的性命，世界医学史上哪里有这样的事？

那只布偶猫不知从哪儿出现了，纵身跳上桌面，伸出一只前爪，驾轻就熟地弹拨了一下古琴的一弦，然后贴近死者身边倒卧下来，闭上了海水一样蓝蓝的丹凤眼，一动不动。

现场寂静无声，一片肃然，所有人无不与布偶猫一起，在谛听铜钟一般浑厚而又深沉的古琴空弦音传扬开去，及至无限远。